U0013279
密
A secret cage.
囚籠
吾名翼
繪者：ツバサ
這就是我愛你的方式。
This is the way I love you.

CONTENTS

第一話　死訊

距離收到雙胞胎弟弟郁理的死訊，已經過去三個小時了。

坐在昏暗逼仄的房間裡，聽著聒譟不停的蟬鳴聲，郁真咬緊牙關。無論他如何反覆默念「都過去了、都和我沒有關係了」，仍無法遏制住恐懼從心底裡滋生蔓延。

但這份恐懼，不是死亡帶來的。

而是死亡背後，由郁理催生出的、是從郁真記事起，就刻在靈魂深處、紮根了二十多年的恐懼。

郁理是郁真的弟弟，兩人的出生時間只差幾分鐘，卻沒有一丁點相似的地方。

郁理像模特兒出身的母親，一雙眉眼含笑，無需隻言片語，就很討人喜歡。而郁真像父親，往好聽裡說叫模樣清秀端正，往現實裡說就是平平無奇，不難看的五官拼湊在一起，就是沒有記憶點。和郁理站在一起時，郁真的平庸就更加明顯。

接受他人的審視，看著他們的目光從對郁理的讚嘆轉為對他的惋惜，才剛記事的郁真感到窒息般的痛苦。

「誰都不能決定自己先天的外貌，但我可以從別的地方努力，證明我自己。就像父親，靠自己的智慧成為名流新貴！」

剛上學時，郁真在雜誌報導父親的文章上頓悟了這個道理。

他想像過自己取得了比郁理更好的成績，這樣和郁理站在一起時，他就也有值得被稱讚一二的地方了。

於是，郁真拚了命地用功讀書。

後來很多次回憶起那段日子，郁真都感到震驚，自己居然會那麼努力地做一件事，努力到茶飯不思、夜不能寐，每天睜眼閉眼，心裡想的都是讀書。

只是……很多事情不是努力就能改變的。

現實從未如郁真所願過。

很快郁真就發現，他不僅外貌比不過郁理，就連在學習上，他都只能仰望郁理。

郁理輕輕鬆鬆就能拿到年級第一，而拚命努力用功的郁真只考進了年級前五十，甚至不能和郁理的名字出現在同一張年級成績的榜單上。

「郁理真是太優秀了！」

「數學競賽的名單出來了，郁理是這次競賽中年紀最小的選手！」

「比起郁理，他的哥哥好普通喔……」

……

郁理輕而易舉地成為了全校知名的優等生。

而郁真，理所當然地成為了「郁理的哥哥」——被冠上與郁理相關的綽號，鮮少有人能記起他真正的名字。

或者說，他們根本不想記住。

從這以後，每當他和郁理一起拿出成績單時，他都會痛苦不已。

郁真覺得自己就像是被關進了一個漆黑的囚籠中，氧氣稀薄，空間狹窄。無數雙眼睛從四面八方睜大，瞪著烏黑的眼珠透過籠子的縫隙，死死地盯住他。

那些目光從最初的惋惜，逐漸轉變為不懷好意的好奇。

好奇身為郁理的哥哥，郁真為什麼會這麼普通。好奇他究竟會露出怎樣狼狽的模樣，藉此得到從郁理身上難以獲得的優越感。

這些「好奇的目光」追隨著郁真，隨後變質為了鄙夷與不屑。鄙夷郁真身為郁理哥哥的身分，不屑如此普通的他卻擁有不同尋常的家庭和背景。

郁真想要逃跑，但他無處可逃。他只能在心底反覆不斷地幻想著：如果郁理不在了，自己是不是就能得到自由？

是的，如果這個世界沒有郁理就好了。

郁真忍不住地得出這個結論。

緊接著，負罪感像決堤的洪水般將他淹沒，掠奪走意識中本就無比稀薄的氧氣，令他發瘋般地感到愧疚、厭惡，和……更強烈的渴望。

渴望有一雙眼睛，帶著純粹的喜愛看著他，就像喜愛郁真那樣，喜愛著他……不，是要更喜愛他，而把郁理視為草芥、空氣。

郁真一邊覺得這想法實在愚蠢可笑，一邊又又克制不住地幻想著。

然後，郁真遇到了他。

在他十二歲那年，種滿玫瑰的花園裡，有著如同玩偶一般精緻容貌的男孩聽到了他的哭聲……

「你怎麼哭了呀？是遇到什麼事了嗎？」

「這是我最喜歡的糖，送給你。可以把你的心事也送給我嗎？」

「大家都說我一定會分化成 α，小真你一定要分化成我的 Ω 哦！這樣所有人都會祝福我們啦！」

大腦漲開了一絲酸麻、空白的缺氧感，郁真瞪大眼睛。

他聽到了自己急促的喘息聲。

不該想起那個人的。

郁真抿脣想道。只是他越是這麼想，思緒就越發不能控制地縈繞著那個人轉動。

腦內那爽朗的聲音，變得著急不安了起來。

「小真你怎麼會是 β 呢！一定是哪裡搞錯了……」

「郁理才不是我的Ω、我的命運之番！我不承認！」

「我們逃跑吧，小真。不去管那狗屁的命運，我們逃到能誰都不認識我倆、允許我們在一起的地方吧！」

「小真，你會跟我走的，對嗎？誰都不能分開我們。你一定會跟我走的……」

……

「不……我不會。」乾啞的聲音緩緩響起，郁真垂眸嘆息。

這個世界從來都不是公平的。天賦決定了一個人的極限，而性別決定了他的境遇。

除了誕生時就會體現出的男女性徵外，每個人都會在十八歲成年前逐漸分化出第二性別，分別為 α、Ω、和 β。

α 擁有超強感知力和精神力，僅占總人口的十分之一，卻占據每個行業的高位，是不可撼動的強者。他們幾乎沒有缺點，除了易感期時會格外敏感和暴躁，若不能安全度過，則可能造成致命的精神損傷。

而能夠靠自身費洛蒙安撫易感期時的 α 並治癒他們精神損傷的 Ω，就是每個 α 夢寐以求的良藥與助力——

除了 Ω 進入發情期時會讓 α 格外疲憊外……當然，也有很多強勢的 α 視這為情趣。

Ω同樣只占總人口的十分之一，被人們戲稱為「每個Ω都是為α而誕生的、獨一無二的存在」。

如果α能找到自己命中註定的Ω並與其結成一對，那他的能力就會得到大幅提升，這樣的關係，也被稱為「命運之番」。

至於β……占總人口八成，沒有易感期，沒有相應的費洛蒙，沒有發情期，更沒有命運之番。β就是「普通人」。

郁真的父親郁銘山是α，母親則是Ω。在這樣的家族基因下，郁理分化成了稀有的Ω，而郁真卻成為了β。

畢竟郁家早年並非大家族，β基因占據大多數。郁銘山能分化成α已經是祖上幾十代殘留的基因奇蹟，他的孩子想再分化成α，概率極低。

發家後，郁真的父親娶了Ω女明星為妻，這才讓孩子有了分化成Ω的概率。

所以說，郁理是郁家的第二個奇蹟。而郁真，只是理所當然地繼承了郁家真正的基因罷了。

如此遺憾，又如此真實。

毫無疑問，家族的資源隨後全都傾注到了郁理身上，他成了家族內定的繼承人，是最有可能通過聯姻為家族帶來福音的存在。

關注郁真的人一個接一個地移開了目光。當失敗者的身上再也無法榨取到對自己有利的東西時，沒有人會在意失敗者的存在。

郁真被所有人忽視了，除了那個人，那個籌劃著要跟他這個 β 私奔的 α。

於是，郁真逃跑了，隱姓埋名地逃到了陌生的城市。

他沒有和那個人一起。

他不敢說出這麼做的理由。

他只希望那個人對他失望透頂。

從那之後，郁真不再希望郁理死。

並不是因為來自血緣的感情或是道德的約束。而是只要郁理不死，那個人就是屬於郁理的，與他沒有一絲一毫的關係，那郁真也就能把與「他」有關的情感統統丟到過去，繼續做縮頭烏龜了。

可現在，郁理死了。

從郁真十八歲成年後就再也沒有聯絡過的家族，時隔八年，寄來了郁理的訃告。

明天就是郁理的葬禮。

郁真如今住在交通不便的小城市，距離殯儀館有將近一天的車程。今天馬上出發，通宵搭乘火車，他才能堪堪趕上明天的葬禮。

但是……他不想去。

他不想再和過去有任何牽連。

可郁真知道，幾年不曾聯絡的家人突然發來訃告，這行為無疑是在警告他——無論他逃到哪裡，都逃不出家族的掌控。

郁真也知道，在他的心底，還有一個聲音正在訴說著郁真不敢去聽的想念。

把臉埋進雙手掌心，郁真感受到了與盛夏截然不同的寒冷。

郁理葬禮的這天下了雨。

淅淅瀝瀝的雨聲取代了蟬鳴，與時有時無的哭聲交融在一起，猶如一張細密的網，撒在幾乎密閉的館內，拘束住所有出席葬禮的人。

寒意鑽入毛孔，直達骨髓。

頹然地坐在第一排，看著棺木中的郁理，郁真總有種很不真實的感覺。他從未想過，優秀的郁理有一天也會被「關進」籠中。

身後聚集著無數打量的目光，好奇的、不懷好意的、幸災樂禍的……大多與過去並無兩樣。

唯一不同的是，這些打量裡多了幾束憤恨咒怨的目光。

不用看，郁真也知道他們是誰、在想什麼。

多半是他的家人正在咒怨「為什麼死去的人不是郁真，而是郁理」。

郁真資質平平，身為 β 的他也不能通過聯姻給家族帶來任何好處。如果郁理還活著，身為那個人的命運之番，一定能帶郁家進入夢寐以求的上流階層。

對了，那個人呢？

心跳驀地停了一拍，郁真下意識地抿緊嘴。

就看一眼。

等看到那個人，他就馬上把目光移開。只是一眼，不會有什麼麻煩的。

心底裡被遏制住的想念又冒出了頭。郁真挺直腰板，小心翼翼地用餘光掃視四周。

在場的人大多是來自郁家的。郁真克制住恐懼尋找了三遍，連角落都沒放過，就是沒看到那個人的身影。

他沒有參加郁理的葬禮嗎？難道……他們沒有在一起嗎？

不可能。

郁理是他的命運之番，他們無法抗拒彼此的吸引力；哪怕那個人曾經為了討好自己，表現得極度討厭郁理。

也許……只是恰好現在不在吧。

郁真收回視線。

他不知自己是該遺憾還是慶幸。

葬禮很簡單，結束悼念，郁真就準備悄悄離開。料到他會這麼做，郁銘山的助理早早地等在了出口的必經之路上。

「郁真少爺。」助理面無表情地攔住他，語氣不容拒絕：「郁總讓你去休息室找他。他有很重要的事要與你詳談。」

「……」重要的事，從來都和郁真八竿子打不著。

他抬眸看了眼被助理擋住的出口，想像著自己推開對方逃出去的畫面，沉默地點下了頭。

他是跑不過對方的。他有自知之明。

休息室在走廊盡頭，不過百來公尺的距離，可郁真卻覺得自己彷彿走了一個世紀那麼久。

推開門，他便看到了坐在裡面身著黑色西裝、打扮得一絲不苟，可是仍掩蓋不了頹然神色的父親。

八年不見，父親蒼老了許多，兩鬢花白，眉間的溝壑深得嚇人，化了妝的眼底仍是透出了淡淡的黑眼圈。

郁真從未見過這樣的父親。

「你過來坐下。」郁銘山睨了眼面前的椅子，說道。

郁真一聲不吭地照做了。

剛坐下，來自父親的壓迫力就牢牢地籠罩住了他，伴隨著父親冷漠地話音：「原計畫今年年底，小理和謝羽笙就會訂婚。如今小理出了車禍，謝家卻擺出一副要與我們斷絕合作往來的樣子。」

郁真一愣。怪不得葬禮上他沒見著那個人。

謝羽笙是「他」的名字。一個人逃跑後，郁真就很少去想他的名字。冷不防地聽到父親提起他，郁真感到了一絲呼吸困難。

然而郁銘山並沒有注意到郁真的面色，他繼續說：「郁家不能少了謝家的支持。尤其是這個時候。小理……」郁銘山頓了頓，語氣更加冷酷：「郁理出事得很不是時候。」

「你……說什麼？」郁真瞪圓眼睛，艱難地從喉嚨裡擠出聲音。他不喜歡郁理，也曾嫉妒過他，但他已經長大，如今他不可能接受郁理死後還要被父親如此評價。「郁理，是郁家的孩子，父親。」

「沒錯，他是郁家的孩子。包括你。」

「呃！」

看到郁銘山眼中湧出的瘋狂，危機感油然而生。

逃跑！必須馬上逃離這個地方！離這個男人越遠越好！不然會有危險！

心中警鈴大作，郁真猛地站了起來，椅子隨之「啪」地倒落在地上。下一秒，助理按住了郁真的肩膀。

只用力一推，郁真就被反扣在了牆邊。

「謝羽笙很能幹，他現在是謝家的家主了……郁家不能失去和他的聯繫。」郁銘山站起來，從口袋裡掏出一劑裝滿淡藍色藥水的針筒。「郁真，我給過你想要的自由了。現在，該你為郁家付出了。」

「我不懂你在說什麼！放開我！」郁真拚盡全力想要掙脫助理的桎梏，只是兩個人力量懸殊，身為β的他掙脫不開，只能眼睜睜看著父親一步步走過來。

郁銘山手上凝著銀光的針頭抵在了他的頸部。

「這裡，當初為什麼沒有發育出腺體呢？」郁銘山瞇起眼睛，助理立刻握住郁真的後腦杓壓上牆面。郁理避不開針頭了。

郁銘山滿意地頷首。「如果那時你分化成了Ω，以謝羽笙對你的喜歡，郁家就不會爭取了這麼多年，最後還是一場空。」

「我不明白你在說什麼！當初、當初明明是你說的，郁理是最合適的人！而我只要滾出家門就可以了！這都是你說的！」

「是啊……當初我是這麼認為的……可人總有失策的時候，不是嗎？」

針頭扎進了敏感而脆弱的頸部，帶來細密的刺痛。與此同時，郁銘山布滿老繭的手指落在了郁真看不到的後頸處。

「這一次，我想明白了。郁真，身為長子，你該為郁家犧牲了。」

隨著針管內的液體全部注射進體內，郁真的身體變得越來越沉重，意識越來越模糊。他極力睜大眼睛，可早已無濟於事。

在閉上眼睛前，他聽到父親說——

「這個地方必須要孕育出腺體，能和謝羽笙成為『命運之番』的腺體。」

第二話 腺體

「你怎麼哭了呀？是遇到什麼事了嗎？」

這是謝羽笙與郁真說的第一句話，在謝家種滿玫瑰花的庭院裡。

離開郁家後，郁真不只一次夢到那天的場景。

那天是謝羽笙十一歲生日，謝家特地為他舉辦生日宴，但最後卻成為了名流間的商業寒暄。郁真和郁理被父親當成敲門磚，以「我家也有和謝大少爺年齡相近的孩子」為由，獲得了參與宴會的資格。

其實一開始郁銘山並不想帶郁真去的。但他怕有人問起郁真，繼而給他蓋上「偏心」的標籤，不利於他塑造友善的形象。所以郁銘山千叮嚀萬囑咐，要郁真務必安靜閉嘴後，才勉為其難地帶上了他。

可是真到現場後，他們發現，沒有人會在意一個成績一般、沒有獲得任何獎盃的孩子。只有優秀的郁理能博得一點貴婦們的關注。

郁真很識相地逃了出去，躲到了空無一人的玫瑰庭院。

他以為身邊沒有人了，他就會好受一些。可是身處在孤獨中，聽到從遠方傳來的歡聲笑語，郁真反而更加難過了，難過到忍不住哭出了聲。

作為宴會的主角，謝羽笙對成年人的應酬毫無興趣。他趁大人不注意也溜了出去，恰好聽到了郁真的哭聲。

年僅十一歲的謝羽笙個子還沒郁真高，他費勁地踮起腳尖，才能透過玫瑰花叢，看到蹲在另一邊花叢下的郁真。「是誰欺負你了？」

生怕給父親惹來不必要的麻煩，郁真本想禮貌地回應對方一句「我沒事」就迅速逃離。可是一抬頭，看到謝羽笙的容貌後，郁真卻愣住了。

男孩有著一頭微捲的金髮，凝著上空的皎皎月光，哪怕是在光線昏暗的夜晚，仍顯得格外耀眼。而最耀眼的，莫過於他的眼睛，猶如無瑕的藍寶石，帶著純粹的擔憂打量郁真。

他從未見過這樣的眼神。

「你是誰？」於是，郁真嘴邊的話換了內容。

「我叫謝羽笙，你來參加我的生日宴，怎麼不認識我呀？」眼眸稍稍彎成月牙，謝羽笙繞過玫瑰花叢，來到郁真身邊。「你別害怕，這裡是我家，不管你遇到了什麼，我都能幫你！」

說完，他從口袋裡掏出一顆牛奶糖，遞給郁真。「這是我最喜歡的糖，送給你。可以把你的心事也送給我嗎？」

郁真不記得自己當時回了什麼。

也許是說了對郁理的羨慕和嫉妒，也許是說了討厭被旁人比較，也許是說了自己無法排解的孤獨……

那幾年，他對謝羽笙說了太多心事，儼然把對方當成了樹洞。

無論他說的內容有多糟糕，糟糕到連聲音都變得歇斯底里了，謝羽笙都會安靜地聽他說完，再告訴郁真「不要害怕，不管發生什麼，我都會陪在你身邊。一切都會好的。」

所以夢裡的謝羽笙也張開了雙臂，擁抱住早就忘記哭泣的郁真，如此回應他。

圈住腰的手不斷收攏，為了把郁真整個人都融入身體之中，他正在以肉眼可見的速度成長，很快，擁抱郁真的人已不是十一歲孩童，而是一個有著寬闊懷抱的少年。

滾燙的吐息吹拂過敏感的耳廓，低沉而危險的話音徐徐蕩開：「哪怕你是普普通通的 β，哪怕你只是在利用我，只要我們在一起，我都不會在乎……」

不是的！

郁真本能地抗拒對方的話。可是擁抱住他的手如同蟒蛇，死死地絞住獵物。少年在他耳畔，不緊不慢地呢喃：「我和小真會永遠在一起的。」

「不！」郁真驚呼出聲，眼睛猛地睜開，意識隨之從夢境中猛地掙脫了出來。

「呼、呼呼……呼……」就像從雲霄飛車上下來，大腦亂得難以思考。與此同時，似有無數根細針既深又快地扎著郁真的後頸，令他每喘息一次，都會有鑽心的疼痛傳入神經。

這份痛感從後頸蔓延到頭部，他脖子以下的身體猶如灌鉛般軟麻無力。郁真沒法坐起來，適應了好一會兒，才強壓下惶恐不安，轉動眼珠，凝神觀察四周。

他現在正躺在一張床上。

房間內黑漆漆的，郁真分不清這是因為夜晚，還是因為房間不透光造成的，唯一能確定的是，這裡不是他的家。

他的家裡沒有那麼濃郁的消毒水氣味，他的單人床也沒有這麼寬，他的床左靠牆，放不了任何東西。

然而這會兒，他的床左側沒有被牆阻擋，床邊有個看不清輪廓的東西，一動不動地擺在那。郁真凝神細瞧，依稀看出那好像是個……

人？

郁真屏住了呼吸。

沒錯，床邊的是個人。

有一個人就站在床邊，透過濃郁的黑暗凝視著他！

四目穿破黑暗相接的剎那，郁真聽到了一聲輕笑。低沉的、沙啞的、嘲諷的，只消一聲，郁真的大腦就「嗡」地空白了。
「認出我是誰了？」
身旁的床鋪向下一沉，黑影爬上了床，帶著清晰的寒意。
帶著真絲手套的手指沿著郁真的臉頰，緩緩地上移到左眼瞼。「今天的這雙眼睛，怎麼沒在哭了？」
食指抵住上眼皮向上一推，彷彿要將眼珠從眼窩中擠出一般。「哭啊，趁我心情還好，趕緊哭啊。你不是最擅長哭了嗎？」
「……你、放開……」
「噓，別說話。」男人的聲音沉了下來。「我還不想聽到你說話，這只會讓我惱火。你不會想知道惹怒我後會發生什麼的。所以……」壓在眼皮上的手力道又重了幾分。「快哭。我不是在尋求你的意見。這是命令，聽明白了嗎？」
眼球被迫長時間暴露在空氣中，不管郁真想不想哭，很快眼眶內還是盈滿了生理性眼淚，濡溼按住眼皮的手指。
男人笑了，鬆開了手。
下一秒，伴著「喀答」一聲，房間的燈驟然亮起，白光直闖入視線，刺得郁真倒吸了口氣，急忙閉上眼睛。眼內已留下一圈圈的光斑，眼淚汩汩地往外溢。沒力氣抬起手去擦，眼淚沿著眼角淌過臉頰，流入刺痛不已的後頸。

「看得見、聽得見，還能哭，看來手術進行得挺順利，只是麻藥注射過量了，但至少沒搞壞你的腦神經。」

什麼手術？

「郁家終於賭對了一次。通過非法管道進行腺體移植手術，得砸一大筆錢才行呢。如果你死在了手術臺上，那郁家就徹底玩完了……」

誰的腺體？和郁家又有什麼關係？

來自後頸的痛感變得微妙。

郁真遲疑地睜開眼睛，透過淚花，他勉強看清了單膝跪在床上的人。

不同於記憶中的十七歲模樣，眼前的人已經完全褪去了稚氣，成為了比郁真要更高大的男人。

他身著黑色襯衣和西褲，領口敞開著，露出了骨節分明的鎖骨。視線沿著衣領上移，入眼的臉龐蒼白得幾乎沒有血色，鬍碴肆意點綴在下巴，微捲的金髮凌亂著。

瀏海下，郁真看到了一雙熟悉卻又陌生的眼睛。

和記憶中一樣漂亮的寶藍色眼眸中沒有一絲一毫情緒，被濃郁的黑眼圈襯著，就猶如鑲嵌在眼窩中的兩顆無機物。

被這樣的眼睛看著，郁真覺得自己像是被敲了一鐵鎚，直接懵了。

他是謝羽笙。但是他怎麼會變成這樣？

「很震驚我的樣子嗎？」謝羽笙瞇起眼睛。「呵呵，畢竟我們有八年沒見了。這點時間，足夠人全身的細胞都更換一遍，更何況外貌。」

戴著黑色真絲手套的手指再次落到郁真臉上。

這次它沒有再折磨郁真的眼睛，而是循著淚痕來到後頸。「可我哪有你變得多呢？」謝羽笙單手握住那纖細的頸部。

郁真確信，對方只要稍加用力，就能折斷他的脖子。

「從 β 變成 Ω 的感覺怎麼樣？」

「你說……什麼？」

「什麼都不知道嗎？呵，這倒也像郁家的作為。」謝羽笙壓低身體，嘴唇抵在了郁真的耳邊：「我只說一遍，你認真聽好了。郁家投資出了差錯，面臨破產，只有謝家，不，準確地說，只有『我』能幫他們度過難關。偏偏在這個節骨眼上，我的未婚夫、你的雙胞胎弟弟，出車禍死了。」

謝羽笙頓了頓，欣賞到郁真震驚的表情後，才繼續說：「我不會和死人維持訂婚關係的。說到底，對我有用的，不過是你弟弟這裡的……腺體。」

食指指腹摩擦起後頸，憑藉手指的觸感，郁真終於辨別出了痛覺的根源——他的後頸有一道傷口，依附著頸椎被切開再縫合！

「郁家很幸運，這兩年正好有人掌握了移植腺體的技術。只要把離開本體不超過四十八小時的腺體轉移到活體上，在這裡、這靠近頸椎的地方劃一刀，哪怕是最沒用的β，也能成為稀少的Ω……呵呵，是不是很厲害？」

吐息如火，隨輕笑吹拂耳廓，可郁真只覺得寒冷，與昨日他決定去參加郁理葬禮時感受到的寒冷相同。

昏迷前，郁真理解不了的父親的話，疊加眼前男人的話後，全都有了答案。

「這裡，當初為什麼沒有發育出腺體呢？」

但是死去的郁理有腺體。

「郁真，身為長子，你該為郁家做出犧牲了。」

接納郁理的腺體，成為Ω。

「這個地方必須要孕育出腺體，能和謝羽笙成為命運之番的腺體。」

代替郁理留在謝羽笙的身邊。

「八年了，郁家終於把你送到我身邊了，作為幫助他們度過難關的重要棋子。」

男人的話音挾著愉悅的喘息，接連不斷地擠入郁真的腦內。

「這次，你再逃，可就要做好必死的準備了，郁真。」

說話間，濃郁的麝香百合氣味在空氣中迅速散開，不消片刻就充盈了整間臥室，塞滿郁真的鼻腔，掠奪走氧氣，熏得他頭暈不已。

房間明明裡沒有花。

呼吸不自覺地急促起來，後頸的傷口處被一種難以言喻的灼熱感覆蓋，隱隱搔癢，神經一突一突的，像是在渴望什麼……好比更尖銳的、足以刺穿縫合傷口的撕咬。

郁真被心底的渴望嚇了一跳。

俯瞰著郁真的謝羽笙沒有遺漏他的每個表情變化。「你聞到我的費洛蒙了。」他肯定地說道。

身為β的郁真沒有受過第二性征啟蒙教育，他只聽郁理描述過謝羽笙的費洛蒙。他說，那是濃烈到能令人興奮難眠的麝香百合香。

「哪怕平日裡服用了抑制劑，謝羽笙身上都會有股淡淡的花香。很好聞的！」每每提起，郁理總是會瞇起眼睛，做出回味的表情。

他無疑是想讓郁真嫉妒、讓他自卑的。

謝羽笙再喜歡他又如何呢？

郁真不是Ω，他聞不到謝羽笙的費洛蒙，更不可能因為他的費洛蒙發情。謝羽笙註定是屬於他郁理的。

但是現在不一樣了。

浸透在馥郁的費洛蒙裡，郁真感覺自己要溺斃在這深不見底的香味之中了。

麻藥藥性正在逐步退去，身體的感知越發清晰。後頸的傷口內似乎縫入了岩漿，它撲騰翻滾著，帶來滾燙的溫度，叫囂著飢渴，蒸騰的熱氣灼燒得大腦混沌不清。

待郁真回過神時，他的手不知何時攀上了謝羽笙的衣襟，落在了他微涼的肌膚上。

郁真覺得全身的細胞都在觸碰到謝羽笙的瞬間發出了愉悅的信號，淡淡的酒香隨之混入花香。

謝羽笙一怔。

皺眉低喃了一句「臭死了」，他抓住郁真的手腕就往床下拽。

麻藥未褪的身體毫無反抗的餘地，郁真被謝羽笙拖拽進位於臥室右側、離床有五、六公尺遠的淋浴間。

郁真只穿了薄薄一層睡袍，這一路跌跌撞撞的，他痛得滿眼都是淚花，謝羽笙卻毫不憐香惜玉。

他提著郁真，粗暴地扔進浴缸。

「唔！」郁真倒抽一口冷氣，弓起身體。

垂眸看了郁真一眼，謝羽笙拿下蓮蓬頭就往他身上澆冷水。

浴缸的空間根本不足以讓他躲避。不一會兒，浸透冷水的睡袍全黏在了身上，郁真緊咬牙關，打了個哆嗦。

「才成為Ω就迫不及待散發費洛蒙，想要挨操了嗎？」謝羽笙揪住郁真的瀏海，強行提起他的臉，與自己對視。「還是你本來就這麼淫蕩？」

「我……不懂你在……說什麼……」

「沒有聞到嗎？從你身上散發出來的惡臭！」

蓮蓬頭對準郁真，在冷水的沖刷下，他的體溫不降反升，肌膚異常地染上緋紅，喘氣間，郁真兩腿間的性器竟抬起了頭！

就像是個變態。

「不、不是的……」郁真慌張地收攏雙腿。他不想讓謝羽笙看到自己這不正常的樣子。

他的性慾一直以來都很淡薄。

過去為了省錢，郁真沒少用冷水洗澡，哪怕是在零下的冬天。

他從沒有如此興奮過，興奮到光是想像謝羽笙會看見自己這狼狽不堪的變態模樣，性器就更硬、更燙了！

他不知道自己是怎麼回事了。

而讓郁真更崩潰的是，興奮起來的不只性器，還有他過去從來沒有在意過的後穴。彷彿是被後頸傳染了，它搔癢而興奮。

郁真頭暈乎乎的，只想往身邊散發出溫度的身體靠攏。紅酒味撲來，謝羽笙忙捂住嘴鼻，推開郁真。「把你這身臭味收回去！」後腦撞到浴缸邊緣，郁真被撞醒了幾分，懵懵地搖頭。

他是β，本身是不會散發氣味的，但被謝羽笙說臭，郁真卻沒有想要反駁，他只是窘迫地、本能地接受了這個評價。

郁真難堪地低下頭，抱住膝蓋。

這麼做對收斂費洛蒙起不了任何作用。

紅酒味依然源源不斷地湧入鼻腔，搔弄著早就脆弱得不行的神經。蓋在臉上的手若非戴有手套，指甲必然會摳入面頰，撕出五道血痕。

「該死。」嘶啞著咒罵，謝羽笙扭頭往浴室外快走。

空虛、孤獨、恐懼、焦慮……一堆糟糕的情感在謝羽笙離開後，統統湧了上來。郁真緊緊地蜷縮起身體。

你真噁心。

你還想得到誰的喜愛？

能見到謝羽笙又怎樣？

八年時間足夠改變一個人，更何況是童年時的、微不足道的喜歡。

你早就不是以前的「郁家大少爺」了。

你不過是浸透了貧窮和孤獨的臭蟲，散發著令人作嘔的臭味。

腦內，有一個他用刻薄的聲音，亂糟糟地喊著，就如同每個難以入眠的夜晚喊的那樣。

眼淚克制不住地往外湧，郁真咬住嘴唇不想發出狼狽的哭聲。顧不得冷，他拿起蓮蓬頭對準身體用力搓，想要洗掉謝羽笙討厭的「臭味」。

可是費洛蒙哪是水能沖刷掉的。

布滿水氣的浴室內，紅酒味更勝，濃厚得如同砸碎了一整個酒櫃，足以熏醉所有的生物，更何況是不勝酒力的郁真。

咬緊口腔，郁真忍不住舔了舔上顎。揉洗身體的手不知不覺地移到胯間握住了性器。心跳驟然加速，咚咚地敲打起胸膛。

郁真留意到了謝羽笙遺留下的花香。

「哈、哈啊……啊……」花香縈繞鼻尖如同堵住了呼吸，郁真情難自控地大口喘息，與此同時，他慌亂地上下擼搓著性器。

好奇怪。

我變得好奇怪。我不應該是這樣的。

住手。快停下來。

意識與軀體割裂，無論郁真如何呼喚，都無法控制住身體，阻止它沉溺慾望。

「啊……啊、哈啊……唔……」然而灼燒的渴望，不是郁真用手就能夠輕易解決的。

他越是撫摸性器，身體的空虛就更強烈。

郁真感覺到了後穴傳來的濡溼，穴口的軟肉收縮著，他艱難地挪動身體，讓後穴緊貼著浴缸輕輕摩擦。

「啊啊……」浴缸底部凸起的圓點摩擦過後穴，郁真輕聲尖叫。想要。

再多一點。再更粗暴一點。

郁真扭動身體，後穴蹭著浴缸的凸起點反覆摩擦。

不夠。太淺了。

這裡想要被什麼更深的刺破。更粗魯的刺破。

可是用什麼好呢？

郁真抬起右手，恍惚地看著溼漉漉的手指。思緒剛轉到「能不能用它」，浴室門就被人狠狠撞開，謝羽笙一邊往頸部注射抑制劑，一邊快步走向郁真。

麝香百合香似浪潮撲來，瞬間撲滅了郁真僅存的意識。

他靠著浴缸，張開雙腿，朝走來的謝羽笙袒露出自己的下身。身上的睡袍鬆垮垮地敞開著，沒了遮擋，謝羽笙能清晰地看到他豎立著的性器；視線若再往下，就能看到被性器陰影遮蔽住的肉穴，正貪婪地吐露著淫液。

「幫幫我……小笙……嗚唔……幫幫我……」

「閉、嘴！」扔掉針管，謝羽笙扯下一條毛巾，將一端揉成球塞進郁真的嘴裡。「再讓我聽到你叫我名字，就別怪我把你丟到街上，讓所有人都嘗嘗你這淫蕩的身體！」

如果郁真還有意識，他一定會羞恥地捂住嘴，寧可憋死也絕對不會再發出一聲。

但現在的郁真沒有羞恥心。

意識被慾望層層包裹在最深處，裸露在外的，全是沸騰的飢渴。

唾液沿著合不攏的嘴角往下淌，郁真握住戴著黑手套的手，身體借力越過浴缸，抱住謝羽笙，下身翹起的性器隨後隔著西裝褲，貼住對方的胯部。

謝羽笙的表情一下子冷了下來。「你現在的樣子，噁心得讓我想吐。」

說罷，他跨入浴缸。

「不過是一個腺體作祟，就能讓你搖起屁股。你和他真不愧是雙胞兄弟。」

謝羽笙單手掐住郁真的喉嚨往後一推，將他抵上貼滿白瓷磚的牆面。「想知道這八年來，你死去的弟弟是怎麼對我張開張腿的嗎？」

另一隻手落在郁真的臂瓣處，手指稍加用力，就扯開了兩瓣間的小穴。「就像你現在這樣。」

「唔！」後穴不由自主地收縮，異常分泌出的腸液隨之沿著手指掐出的溝壑淌向指腹。

「毫無廉恥地敞開後穴，無休止地浪叫著、喘息著，滿眼都是對我，不，是對我這根肉棒的渴求。」謝羽笙揚唇，引導郁真往下看。

他的下身，被西裝褲包裹的性器沒有半點勃起的跡象，哪怕褲襠被郁真的性器抵著，濡溼出了一片深黑色的水漬。

「我對流著郁家血、散發著惡臭的身體毫無興趣。無論是你，還是你的弟弟，都讓我想吐。」謝羽笙鬆開雙手。

沒了支撐，面前這具被性慾攪得酥軟的身體直接癱坐了下去。

「老實說，你的弟弟只要多打幾針抑制劑，再旺盛的性慾都能消得乾淨。而你不一樣，沒有我的安撫……」

「移植的腺體，可不如天生的那般能夠從身體裡慢慢長出來，再慢慢成熟。如今的它，被人殘忍地從原身中切下來，變得脆弱無比。再溫和的抑制劑都能摧毀它、殺死你。」

「可你無法對它置之不理。它於你而言就是顆不定時炸彈。這個腺體需要它的命運之番，也就是我的費洛蒙安撫，好告訴它重新扎根，與你融為一體。」

「在這生長的過程中，你會不停地發情，就像現在這樣，不受控制地渴求著我。離開我，沒有我的費洛蒙，它就會萎縮、病變、摧毀你的大腦。」

「明白我在說什麼嗎，郁真？只有我的費洛蒙能讓你活下去。」

「很不巧，我剛剛注射了抑制劑，無論你再如何散發費洛蒙勾引我，我都不會，也不能像 α 那樣回應你、標記你。」

呼應著謝羽笙的話，郁真發覺縈繞鼻尖的麝香百合味比起謝羽笙剛進來那時，真的變淡了很多。

「但抑制劑只是阻斷第二性徵發情。別忘了我們還有第一性征，哪怕沒有費洛蒙，純粹的愛慾，也能讓人勃起。身為沒有費洛蒙的 β，你一定很清楚吧。」

謝羽笙悠悠地說著，取下被郁真口水潤溼的毛巾。

「如果你能勾起我作為男人的性慾，也許我的精液裡，還會殘留你需要的費洛蒙……」

腦內亂哄哄的，謝羽笙說的那一大段話，郁真只捕捉到了兩個詞：「精液」和「費洛蒙」。

謝羽笙坐在浴缸邊緣，襠部正對郁真的面部。「但你動作得快點，在你這臭味熏得我想走之前。」

聽到謝羽笙說要走，郁真下意識地著急了起來。

他看著男人被西裝褲拘束住的下身，即便沒有勃起，依然呈現出了鼓鼓的弧度；他嚥了口唾沫，身體先一步做出行動——他爬到謝羽笙的跟前，解開褲頭和拉鍊，拉扯下貼身的內褲。

肉棒順勢彈了出來，打在了毫無防備的面頰上。

郁真一愣，他果然又聞到了麝香百合的香味。淡淡的，不是很濃烈，對處於發情狀態的郁真而言，這正是令他痴迷的毒藥。他忍不住伸出舌頭，試探著在龜頭處輕舔了一下。

舌尖刮下從龜頭上滲出的液體就如瓊漿般攜著馥郁花香，填入灼燒的空虛感中。

這就是我想要的……

但還遠遠不夠，我想要更多，更多溫暖的、甜蜜的精液。

郁真雙手握住肉棒，張開嘴含住它。

「唔！」被熾熱濡溼的口腔包裹著，謝羽笙蹙眉低吭了一聲。

視線下是郁真小巧的髮旋，他看不到對方吮吸肉棒的模樣，只感覺到郁真一直在調整吞入的角度。

可無論他怎麼調整，都只能含入肉棒的前端；牙齒不時擦過肉柱，磨得謝羽笙頭皮發麻。

「唔、蠢死了！」謝羽笙忍住喘息，捏住郁真的下顎，強迫他嘴張開。「張大嘴！用舌頭和嘴脣，含住它！」

「唔、嗚嗚……」郁真含糊不清地應著。

經謝羽笙調整，郁真總算將一半肉棒裹入嘴內。

但這還不夠。

他要的是蘊藏花香的精液，只有它才能填滿灼燒的空虛。

郁真學著吸果凍那般，一鼓一吸地收縮口腔。脣瓣上下反覆刮過龜頭，帶來要命的挑撥，謝羽笙才靠抑制劑壓下去的性慾又冒出了頭。

但這份性慾與費洛蒙無關。

「唔……」肉棒變硬了。

雙眼蒙著淚花，郁真什麼都看不真切，他只覺得勃起後的肉棒簡直要撐爆他的口腔。舌頭被擠壓在柱身邊，吮吸不到從龜頭冒出的淫液，呼吸也被堵住了。

郁真急著想要吐出肉棒，但謝羽笙先一步按住了他的後腦杓，毫不留情地挺胯——

「唔嗚！」腫脹到至少有十八公分的性器整根挺入嘴內，壯碩的龜頭劃過脆弱的口腔，直達咽喉深處，頂住小舌頭。「嘔唔、嗚嗚……」

「嘗到了嗎？哈……喜歡嗎？嗯？」抱住郁真的頭，謝羽笙揚脣，類比性交的頻率，淺出重入地抽插起郁真的口腔。

龜頭一下又一下地撞擊小舌頭，頂得郁真血液沸騰，直往頭頂沖，燒得他頭暈眼花，彷彿置身蒸籠，快要窒息。

淚花奪眶而出，和被拖拽出的口水一起，溼答答地糊滿臉頰，再滴落在謝羽笙的腹部、胯部。

明明是狼狽到極點的模樣，但謝羽笙卻發狂般的渴望發情——渴望用自己的氣味包裹身下這個不知羞恥的男人；渴望露出獠牙，咬住那毫無防備的後頸，撕裂猙獰的手術創口，將自己的費洛蒙釘入那比豆腐還脆弱的腺體內；渴望讓這個男人和自己一同瘋狂，淪為沒有自我的、只知道無休無止地交配的野獸。

但他也知道，無論他如何渴望，渴望到發瘋，他都不會發情。

這是他為自己特別研製的抑制劑。以不惜損傷神經也要扼殺發情狀態為前提。

過去八年它從未失效過，現在，自然也是如此。

太陽穴一突一突地作痛，拉扯住謝羽笙的意識，讓他無法像郁真那樣墮入情慾。

他喘息著，手指不自覺地撫摸起郁真的後頸。傷口邊緣仍紅腫著，觸感比體溫要更灼熱，傷口上的膠布更鎖住了溫度，不讓它消散。

謝羽笙握住對方纖細又脆弱的後頸，手指指腹貼在傷口處，隔著薄薄的膠布輕撫過傷疤，描繪出它的輪廓。隨後，他一把揪住郁真的頭髮，粗魯地向後一拉，肉棒趁勢滑出口腔。

勉強感到滿足的身體剎那間回到空虛狀態，郁真著急地想要把肉棒再填入嘴中，但是被謝羽笙推開了。

忘了閉嘴，郁真抬頭看向謝羽笙，滿臉寫著茫然。

「光用嘴，你就滿足了嗎？」謝羽笙低頭，直視雙眼迷離的郁真，引誘道：「你的另一張嘴被你冷落很久了。」

……另一張……嘴？

啊，是那裡啊……

郁真立刻就明白了。

他反手摸向後穴。

它早就溼得不行，手指才碰到穴口，就染上了黏稠的淫液，在手指和肉穴間拉出一條細長淫靡的銀線。

空虛感更強烈了。

想吃……

「哈啊……」光是想像用後面吞入謝羽笙的肉棒，郁真就忍不住張開嘴喘息。

他攀上謝羽笙的胸膛，溼透的睡袍順應重力滑落，變得一絲不掛的郁真分開腿，跨坐到謝羽笙身上。

精神奕奕的肉棒抵在股縫處，帶來的觸感頓時就讓郁真明白了——只有用肉棒填滿後穴，榨取出甜美的精液，他才會得到完全的滿足。

想到這，郁真反手扶住肉棒，就想往後穴裡塞。

這遠沒有口交那麼容易。

後穴太小了，往下淌的淫液非但沒起到潤滑的作用，反而讓龜頭一次次地從穴口滑開。

進不去。進不去。進不去！

「嗚……」滿心只剩情慾的郁真紅著眼睛，著急地向謝羽笙求助。

謝羽笙也很不好受。

天知道有多少個瞬間他差點就要繳械投降。「別亂動！」啞聲按住郁真，謝羽笙就著肉穴溢出的腸液，很輕鬆地探入中指。

「不要、哈啊……這個……」抱住謝羽笙的肩膀，郁真蹭著肉棒抬起屁股。

「要、要它……」

「少囉嗦！」

謝羽笙毫不留情地拍了下他屁股。臂瓣頓時火辣辣地燒了起來，透出緋紅色的掌痕。

「我給你什麼，你就受什麼。」謝羽笙弓起插在後穴裡的中指，另一隻手則掐住郁真的腰，用力往下壓。

飽受情慾折磨的身體說是弱不禁風也不為過，後穴「咕啾」一聲就將中指吃回「嘴」中。

「啊啊……」頂起的指節磨過柔嫩的內壁，郁真輕聲呻吟。

謝羽笙隨後伸進食指。

兩指撐開肉穴，攪著淫液「咕啾咕啾」個不停，和喘息交融在一起。

郁真頭暈得不行，不知道過了多久，這折磨人的擴張才結束。謝羽笙抽出手指。

得到男人眼神的默許，郁真急不可耐地扶住肉棒，再次往後穴塞。

這次，性器很順利地撬開了穴口，傲人的尺寸才進入一個前端，就讓郁真舒服地叫出了聲。

急切著得到更多快感，郁真鬆開握住性器的手，一鼓作氣地坐了下去。

「啊唔！」肉棒穿過層層腸肉，直達手指無法撫慰到的深處，叫囂不止的空虛感終於被填滿了。

雙手握住纖細的腰肢，謝羽笙拉扯著快癱軟成一攤水的郁真深深淺淺地吞吐肉棒。

「哈啊、啊……啊啊……」每一次被頂入深處，郁真都有種靈魂也被一同貫穿的錯覺。

好舒服。

好想一直被肉棒操弄。

好想……

好想它能破入……某個地方。

……是哪個地方？

郁真瞇起眼睛。

混沌的意識沒能得到答案，伴著謝羽笙壓抑的一聲低吼，精液噴湧、直灌入肉穴。

郁真聞到了蘊藏在膻腥中的麝香百合味，身體迫不及待地散發出更多的紅酒味，與之交融。

郁真抱住謝羽笙，渴望得到更多的費洛蒙。

謝羽笙冷笑一聲，沒有回抱住郁真，而是從口袋裡摸出一劑針筒，抵在了郁真的頸部。「你知道自己身上的氣味有多臭嗎？郁真，我忍得快要吐了。」

壓低的聲音如毒蛇嘶嘶。話音未落，針頭便扎入頸側。

冰涼的液體注入體內，睏意就如巨網落下，儘管慾望翻滾，也敵不過睏頓的碾壓。

不過片刻，郁真就覺得身體沉如灌鉛，他不過是閉上眼睛，意識便墮入了猶如深淵一般的黑暗之中……

第三話
費洛蒙

「小真，你希望我的費洛蒙是什麼味道的呀！」

夢裡，記憶中的謝羽笙又一次找到了郁真，用著與現實中截然不同的親暱語氣問道。

陽光隨著話音落下，擊退了黑暗，郁真抬起頭，發現自己站在了學校的玻璃花房內。

成年後，他很少再夢到花房。

至少近幾年，他都沒有再夢到。

這裡栽種的植物和擺設，都是郁真曾經最熟悉的，但事實上，在郁真就讀這所學校前，他沒有任何種植經驗，他把所有的時間都獻給了學業，卻沒有得到期望中的成果。

因為恐懼和郁理待在同一個空間裡，害怕他人比較的目光，他四處逃跑，直到偶然發現了這裡——由園藝社團負責打理的花房。

需要放在花房中的花本就不好照顧，玻璃表面又容易蒙灰，需要社員勤奮勞作才能維持小屋的光鮮。這種辛苦又冷門的社團，向來不受學生們的喜歡，隨著社員們陸續畢業，又沒有新的社員加入，久而久之，花房就荒廢了下來。

郁真以前忙著讀書，入學大半年也沒有認真地參觀過學校。初次踏入花房，看著靜謐的環境，聞著草木和泥土糅雜在一起的奇妙香氣，他那不知所措的心意外地平靜了不少。

想著「這裡一定是能容納我的地方」，郁真鼓起勇氣加入了園藝社，獲得了隨意進出花房的權利。

從那之後，每當郁真心煩意亂、不知該如何與人相處時，他總會來到這裡，鑽進枝葉茂盛的植物叢中，彷彿自己也是這花木的枝幹——沒有思想，也就不會難過。

謝家生日宴的那天，郁真也是出於這個習慣，才會選擇躲進了玫瑰庭院，進而機緣巧合地認識了謝羽笙。

黃昏的餘暉透過玻璃，將一切都照得朦朦朧朧的。

郁真看到在坐在藤椅上的謝羽笙。

他應該是才結束了擊劍社的活動，就匆忙趕了過來。他身上還穿著運動服，外套拉鍊隨意地敞開著，裡面的T恤染著汗，隱隱地勾出仍顯青澀的體魄。

「小真你喜歡花……如果我的費洛蒙也是花香就好了！」見郁真遲遲不接話，記憶中的少年謝羽笙緊跟著補充。

其實我不喜歡花。我只是喜歡躲在這裡。

郁真在心裡回應，然後他聽到記憶中的自己用冷靜到有些無趣的話音回答：「費洛蒙又不是你想要什麼氣味就能是什麼的。」

「哈哈哈，也是。我聽說有人的費洛蒙是屁味！太慘了。」

郁真皺眉，有些反胃地點頭。

「但我的費洛蒙肯定會很好聞的，你要相信謝家的遺傳基因！」謝羽笙掰起手指細數。「我父親的費洛蒙是龍涎香，母親是佛手柑，親戚裡還有蜂蜜、檀香木、白琥珀、紅茶……哦對了，聽說上個月剛分化成α的堂哥是巧克力味的。媒體都說我們謝家的費洛蒙就是香水的香譜，所以——」謝羽笙盯著郁真，一字一句認真地說：「我的費洛蒙，一定也會很好聞的。小真，你肯定會喜歡的。」

是啊，誰能說麝香百合不好聞呢？

二十六歲的郁真在心中暗暗感慨，他覺得這時候附和就是最好的答覆。

但過去的自己出人意料地不會察言觀色。「萬一我不喜歡呢？」

質疑聲讓郁真和謝羽笙都愣住了。

郁真不敢相信，自己以前居然也會跟人抬槓？在他的認知裡，他一直都是個安靜的悶葫蘆，哪怕有再多不滿，都會憋在肚子裡。

記憶中的謝羽笙皺起了眉頭。「那就有些難辦了……費洛蒙來自腺體，比體味還難用掩蓋。要改變費洛蒙的味道，就只能移植腺體……但現在的醫療科技還做不到。就算做得到，多半也不會合法。」

誰都沒料到，在郁真二十六歲這年，醫療技術真的能夠移植腺體了，甚至被用在了郁真的身上。

儘管的確如那時的謝羽笙所說，它不合法。

郁真不知自己是該感嘆世事無常，還是該詫異謝羽笙那麼早就提到過腺體移植。

記憶中的郁真顯然不會想那麼多，他一門心思地回嗆謝羽笙：「我的喜歡有那麼重要嗎？」

「當然！」謝羽笙猛地站了起來，快步走到郁真跟前。

那時的他才十三、四歲，個子只到郁真的眉骨處。和郁真說話時，他會刻意挺直腰板，揚高下巴，這樣才能掩蓋住他和郁真間的身高差，顯得自己沒有很矮。

這般姿態直到謝羽笙進入發育期，高到郁真需要仰頭才能看清他的容貌神情後，才被彼此遺忘。

如今再次看到他昂著頭，用湛藍而清澈的眼睛看著自己，郁真只覺心跳忽然一滯，像被什麼揪住了，隨後又酸又澀的感覺沿著連接心臟的血管向四肢散開，一直蔓延到指尖，帶來隱隱的刺痛感。

「我希望你喜歡我。我的身體、我的費洛蒙、我的靈魂、我所有的一切，都能被你喜歡。」謝羽笙張開雙臂，輕輕抱住郁真，就彷彿一層紗般罩住他。

「但我也許不值得你喜歡。其他人就不喜歡我，他們更喜歡郁理。我長得太普通了。」豎著的刺軟了下來，變為了悲傷的抱怨。

郁真終於想起這是什麼時候的回憶了。

那天郁真所在的班級要選運動會的領隊，毫無懸念，這個名額一出來，就全票通過落到了郁理身上。

郁真全心都在訂正錯誤考卷上，根本不想參與這個話題，但總是有人想看他笑話，便拔高嗓音嚷嚷「怎麼就沒人投郁理的哥哥啊？他們不是雙胞胎嗎」。

成年後的郁真能平靜地無視掉這些垃圾話，甚至在心裡附和「沒錯，我就是那麼沒用」。但當年內心還有一絲絲攀比心的他卻做不到。

所以，他毫不意外地在眾人惡意的揶揄中崩潰，逃到了花房。

至於謝羽笙，他只是和往常一樣發訊息問郁真在幹什麼。遲遲等不到郁真的回覆，他便心領神會地來到花房。

他比郁真能想像到的，還要更瞭解他。

或許也正因如此，謝羽笙才會抱住他，說出喜歡的話題吧。

果不其然，謝羽笙拍拍郁真的後背，慢慢地說：「他們只是被表象蒙蔽了，所以看不到真正的你。你很努力，也很有毅力，就像這個花房，是你讓它從頹敗中新生，一點點地恢復了生機。我們不說郁理對此行不行，至少我是肯定做不到的。我對家裡的庭院真的沒轍，小時候母親讓我陪她一起修剪花枝，我覺得她可能是想要我的命。」

「種花不是什麼了不起的技能。父親如果知道我把學習時間浪費在這裡，只會生氣。」

「你開心就好了，為什麼要管他生不生氣？要讓他不生氣，你就會不開心，這樣划不來。」

「……」謝羽笙的任性發言讓郁真接不上話。

短暫的沉默後，謝羽笙拉回話題：「你說自己長得普通，審美標準本來就因人而異，有人喜歡清秀的，有人喜歡豔麗的，沒有絕對的美醜。我就覺得你很好看啊，第一次在我家庭院見到你的時候，我還以為是有天使來給我送生日禮物呢。」

「不是、我沒有……天使什麼的……我……」

令人面紅耳赤的情話，無論是過去的郁真還是現在的郁真，都招架不住。

看到他害羞到不知所措，謝羽笙笑了起來：「所以說呀，我喜歡你，喜歡你的一切。不管以後你分化出的費洛蒙是什麼樣的，我都會喜歡！」

「……嗯。」

「小真也要更喜歡我一點哦！就算以後不喜歡我的費洛蒙。」

「知道了……」回憶裡的郁真小聲補充：「就算你的費洛蒙是屁味，我也會喜歡的。」

之後謝羽笙說了什麼，郁真就沒有再聽到了。

周圍的一切都像浸到了水中，如顏料一般化開，扭曲成骯髒的灰色。

窒息感緊隨而來，他慌張地想要從中掙脫，想要回到那個溫暖的午後，繼續沉浸在謝羽笙的懷抱裡，但在睜開眼睛的剎那，映入眼簾的卻是光線昏暗的房間，和拿著資料夾，身著醫生白袍的陌生男人。

對方面戴細框眼鏡，彬彬有禮地說：「你終於醒了，郁真先生。」

躺在床上，郁真恍惚了半晌才反應過來，夢已經結束了。

這裡是他被改造成Ω後，再遇見謝羽笙的地方。

郁真悄悄地看了圈房間。此刻，屋裡只有他和白衣男人。

他不知道謝羽笙去了哪裡，也不知道自己在哪裡。透過敞開的窗戶，他能看到湛藍的天空和海面，一直延伸到遠方，望不到盡頭。但是郁真這些年住的地方，還有郁理埋葬的地方都是內陸地區。

他從未見過那麼遼闊的海。

郁真忽然想起了很久以前，謝羽笙曾提及過一個被記在他名下的島。

「雖然說是度假小島，但那裡其實荒涼得不行……得用好多年才能建設好吧？」

「你不會一直待在郁家的！等我的島布置好，我們就一起去那生活！」

……

郁真垂眸，深吸一口氣。

鹹鹹的海水味和消毒水味混合在一起，不留一絲令郁真瘋狂迷戀的花香。

但是後穴的痠疼感和被綳帶纏住、現在仍隱隱搔癢作痛的後頸，都在提醒著郁真，那些情事不是春夢。

他小心謹慎地掀開一點被子，往裡看去：身體被清理乾淨了，換上了乾淨的睡袍，但裸露在睡袍外的腿根處有明顯的紅痕，是被手指掐出來的。郁真只看了一眼，就迅速壓住被子，裹緊自己。

他和謝羽笙做愛了。

而且是他勾引了對方，就像個蕩婦，不知羞恥地舔硬了他的性器，給他口交，並津津有味地吃下了精液。

性愛時的畫面讓郁真羞恥到想把自己埋起來。

隨後他想起了屋裡的另外一個人。

注意到郁真的視線轉移到自己身上，白衣男人連忙自我介紹：「我姓徐，名衡，衡量的衡。我是謝家的私人醫生。在移植的腺體成熟前，我會留在這裡，為你提供基礎的醫療檢查。但更多的，尤其是發情症狀，需要你自己想辦法解決。」

說著，徐衡把體檢報告放到床頭櫃上。

板夾上的第一頁就是腺體的檢查。

八月十一日

腺體已成功匹配費洛蒙，各項數值未出現異常值，但病人仍處於初期危險階段。

需要盡快進行第二次費洛蒙引導，促進腺體與神經連結的穩定性。

報告上的字連在一起，組成了讓郁真越發羞愧的內容。

見郁真在用餘光看報告，徐衡補充：「郁家送你來時，附了免責的承諾書，也就是說無論你是生是死，少爺都不必為你負責。雖然法律程序上會有些麻煩，但對謝家來說……那不算什麼。」

「……嗯。」從鬢髮裡露出來的耳朵紅紅的，既是羞恥也是悲憤，羞恥於自己變成現在這副鬼樣子，悲憤於郁家對自己的所作所為。

這些年，他之於郁家，自始至終都是呼之即來、揮之即去的存在。

他們可以為了利益逼迫他滾，也可以為了利益欺騙他回。

強烈的不甘湧上心頭，但立即就被更沉重的無力感吞沒。

他拿郁家毫無辦法，他拿自己現在的身體也沒有任何辦法。

「你有情緒是必然的，但不要和生命過不去。暴力挖除腺體或者抗拒慾望、得不到費洛蒙的安撫，你都會有生命危險。身為醫生，我建議你最好每天積極查看報告，瞭解身體狀況，努力讓腺體盡快適應你的身體。」

「……」郁真握緊了藏在被子裡的手。

手提著醫藥箱走到門口，回頭瞧見整個人彷彿被陰霾籠罩、脆弱得就要被折斷的青年，他斟酌片刻，說：「努力活下去，就當為了徹底擺脫郁家，也為了少爺。這些年，少爺一直沒有放棄——」

「咚咚」兩聲敲門聲打斷了徐醫生未完的話。

「醫生，你逾越了。」謝羽笙打開門，無神的雙眼如深淵盯住徐醫生。「慎言。」

短短兩字，瞬間就讓徐醫生嚇白了臉。

閉上嘴，徐衡低頭提著醫藥箱，逃一般地走出房間，消失在走廊盡頭。

喀答。

關上的房門自動上鎖。

謝羽笙托著餐盤，緩步走入房間。他依舊一身黑色襯衫和西裝褲，真絲手套服貼著地附著在雙手上，彷彿這才是他的肌膚。「徐醫生在謝家任職了十多年，這些年，他一直很清楚什麼該說，什麼不該說。」

餐盤悄無聲息地壓在了徐醫生留下的文件上，謝羽笙沉聲問：「你是怎麼讓他破戒的？嗯？」

危險蘊藏在話音中，濃郁得令郁真背脊發涼。「我什麼都沒有做！」

「你以為我聞不到空氣裡的酒味嗎？」

「我、我沒有！」經謝羽笙提醒，郁真才留意到一絲若有似無的酒味，正糾纏著隨謝羽笙而來的麝香百合。「不是、我不想的，我……」

郁真慌張地屏住呼吸，他壓根不知道該怎麼控制費洛蒙。他只知道，謝羽笙很討厭他身上散發出的這個味道。他不想被謝羽笙誤會。

但這麼做除了把自己的臉憋得通紅，看上去更惹人遐想外，起不到半點有效作用。

「呵，別費勁了。」謝羽笙拽掉郁真身上的被子，雙目在看到裸露在外的紅痕後微微瞇起。「徐醫生和過去的你一樣，是個感覺不到費洛蒙的 β。你要引起他的注意，得用更原始的辦法才行。」

謝羽笙說著，俯身攔腰抱起郁真，邁開步子往陽臺走！

視線延伸到外部，郁真發覺他們是在一幢臨海的別墅二樓，左下方就是大門出口。

「以徐醫生的腳程，這會兒他該出來了吧？」停在陽臺的鏤花欄杆邊，謝羽笙貼著郁真的耳朵，不緊不慢地說：「比起用費洛蒙撩撥，你說，如果你在這裡張開腿，袒露淫蕩的後穴、發出浪叫，他會不會恰好看到呢？」

「不要！」郁真嚇白了臉。

直覺告訴他，謝羽笙不是在跟他開玩笑。如果他不消除謝羽笙的懷疑，這人真的會讓他那麼做！

心臟害怕到怦怦狂跳，郁真抓緊謝羽笙的衣襟，著急地把臉埋進他的胸膛。「我沒有想勾引醫生，我只是回答了他的問題，只回答了兩句，其他的我什麼都沒有說，什麼都沒有在想！小笙……不，謝羽笙，相信我，我不喜歡那些事。我不懂 α，我也不懂 Ω，我不知道費洛蒙為什麼會漏出來……醫生問我話的時候，我沒有聞到酒味，真的沒有！那是你來之後才出現的！是真的，你不要怪我，求你了……」

「哦……原來是因我而起的費洛蒙啊……」

郁真一愣。

他只是想闡述事實，可是站在謝羽笙的角度去聽，郁真的話無疑是在向他表達：他的費洛蒙是為了勾引謝羽笙而產生的！他渴望擁抱的人是謝羽笙！

也不是這樣的！

他誰都不想勾引！

郁真睜大眼睛搖頭，可呻吟比解釋先一步溢出雙脣——托著郁真臂部的手鑽入睡袍，落在還有些紅腫的後穴。

醒來後的郁真被換上了乾淨的睡袍，但對方沒有給他一條內褲。

明明不是他願意這麼穿的，可是冷不防被謝羽笙摸了不著一物的屁股，郁真卻油然而生一種自己是暴露狂的羞恥感。

猛地抬起頭，郁真撞見了正凝視著他的藍眸——清澈卻無神，倒映著郁真為情慾所困的模樣。

郁真被謝羽笙眼中的自己嚇了一跳。

「我來時注射了最大劑量的抑制劑，就和昨晚一樣，我身上散發出的費洛蒙濃度低到可以忽略不計。除了滿心想被我操的淫蕩Ω，其他人是不可能聞到的。」

「我不知道……不是，我的意思是，我只是聞到了花香味，但我沒有想……唔！」

不聽郁真解釋，戴著手套的兩指毫不留情地頂入後穴。「郁真，承認吧，你比自己想像得還要飢渴。」

不久前吞吐過性器的後穴很輕鬆地容納下了手指，濡溼了手套表面。郁真覺得腦內又開始發燒了，肉穴克制不住地收縮，裹緊手指。

「才操了一回，你的小騷穴就完全記住我了呢。」謝羽笙改變抱郁真的姿勢，將他往鏤花欄杆上一推，讓他整個人都懸空著，夾在謝羽笙和欄杆之間。「你果然天生就應該變成讓人操的Ω。」

插在肉穴中的手指隨轉變角度的身體，在穴內用力地撞了一下；布料摩擦著肉穴，撞得郁真忍不住吟叫出聲。

「再叫大聲一點。」謝羽笙輕笑，視線越過郁真的後頸，看向樓下。「你往後看，徐醫生出門了。你再叫大聲一點，讓他抬頭看看你抱著我，被我指姦的樣子。」

郁真緊閉住雙眼，使勁搖頭。他抱住謝羽笙的脖頸，緊貼住他，不敢回頭看下面。

郁真抗拒的模樣讓謝羽笙頓時陰沉下了臉。「為什麼搖頭？我問你意願了嗎？我要你叫大聲點！聽不懂命令嗎？」

郁真繼續搖頭。

「三。」謝羽笙毫無預兆地倒數。

「二。」

「一。」

伴著話音落下，被後穴吸附著的雙指猛地抽出。

冷空氣灌入來不及收縮的穴內，激得郁真打了個哆嗦。

「我們換個姿勢。」稍加用力把郁真翻過身，讓他趴在護欄上，謝羽笙扯開他的雙腿。「這樣，徐醫生抬頭，就能把我操你的樣子，看得更清晰了。」

「不要！」

「你想要。你已經興奮了。」謝羽笙肯定地說道。

郁真不想承認，可是正如他說的，失去手指的填充後，裸露在外的後穴搔癢無比，淫液從穴內滴落，落在護欄上，在兩者間拉扯出很長又難斷的銀線。

郁真聽到了褲子拉鍊拉開的聲響。

期待從心底冒出頭，郁真忍不住回頭，用餘光去看謝羽笙的下身。

不同於浴室內呈冷色、又容易落下陰影的頂燈，此時日光柔和明亮，郁真能清楚地看清性器的形狀和顏色，才剛勃起，就已是沉甸甸的傲人尺寸。

喉結不自覺地上下滾動。

肉棒就在郁真忘我的注視下，毫不憐香惜玉地整根撞入後穴，釘在深處，精準地戳過某個凸起的小肉點上。

「啊啊！」來不及捂住嘴巴，呻吟湧了出來。郁真被撞得身體往護欄外傾倒，幾乎半個身體都越出了陽臺，掩藏在睡袍裡的性器隔著布料摩擦過護欄，敏感地硬了幾分。

十指掐住郁真瘦弱的腰，謝羽笙緩慢地抽出性器，柱身擦過一圈圈收縮的肉壁，帶著郁真的身體退回到陽臺裡，直至龜頭卡在穴口，郁真整個後背都靠在了他的胸膛，他又猛地挺入深處——

「唔啊！」半身又被撞出陽臺，讓郁真失聲淫叫：「唔嗚、啊、啊啊……不、不要……輕一點，唔……」

性器在後穴一進一出，每一次頂進都精準地撞擊在敏感的前列腺上，與此同時，跟隨蕩漾的身體，郁真的肉棒不斷地摩擦護欄，不一會兒就完全勃起了。前後兩重刺激，帶來令大腦空白、全身戰慄的快感。郁真感覺自己彷彿被架在了烈火上炙烤得暈頭轉向。

理智跟隨喘息徹底蒸發，凝結成了穴內淫黏的濁液，包裹住不停進出的肉棒，讓肉棒在陽光下呈現出淫漉漉的光澤。

空氣中，酒氣蒸騰，它期盼著與另一份氣味交融。

「哈啊，唔、啊啊……唔！啊……」

快到了，唔，要射了！

再戳一下……往裡面、更深的地方，用力地戳進去……

恍惚間，郁真總感覺肉穴深處有個地方渴望被撞開、被入侵。

其實謝羽笙每一次都撞在了穴內深處，但那裡並不存在可以被打開的地方。

郁真的困惑這次依然沒能得到答案，富含費洛蒙的精液猛灌入了後穴，內壁被精液沖刷，激得臨近高潮的下身跟著一起射了出來。

得到了謝羽笙的費洛蒙，叫囂不止的身體總算是被緩解了幾分躁熱。郁真雙手無力地垂了下來，整個人都趴在了欄杆上，恍惚地喘起氣。

會不會被誰看到、會不會有危險，他都無暇顧及了。

凝視了片刻高潮後陷入失神狀態的郁真，謝羽笙抱起他，轉身走回房間，丟到床上。

身體陷入柔軟的床鋪，就像雌獸回歸巢穴，郁真瞇起眼睛，忍不住蹭了蹭被面。

如果巢穴能浸透謝羽笙的費洛蒙就好了。

如果巢穴能全部換成謝羽笙的東西就好了。

郁真恍惚地想著。

「還想要嗎？」欣賞著他渴望築巢的模樣，謝羽笙問。

睜著混沌的雙眸，郁真舔舔下唇。

「呵。那你自己來動。」

郁真自然不會拒絕。他伸長手臂勾住謝羽笙的肩膀，借力起身坐到他身上。

他張開雙腿，熟門熟路地扶著性器再次挺入穴內，攪打起殘留的精液。

「啊啊，唔，哈啊……」後穴水聲咕啾咕啾個不停，抱著謝羽笙的郁真就如小船，隨水波上下蕩漾。

彼此的呼吸交融在了一起。看著近在咫尺的男人，看著他微啟的雙唇和唇瓣內猩紅的舌尖，聞到稀薄的香氣，郁真下意識地湊過去，想要親吻他。

但男人卻側過了臉，唇瓣擦過他的嘴角，滑到了耳根。

「如果你還想吃飽，就別做不被允許的事。」謝羽笙挺腰，性器擦過內壁，遠比郁真自己動帶來的觸感要更刺激，注意力隨即回到了下身。

之後，謝羽笙又在郁真身上射了兩次，幾乎要將後穴灌滿。可惜抑制劑作祟，性愛能帶來的費洛蒙越來越稀薄。

最後一次射精時，郁真已經聞不到精液內的費洛蒙了。

幸好他對費洛蒙的渴望得到了滿足。

「你喜歡我的費洛蒙。我就說你不可能討厭我的費洛蒙，郁真。」

蜷縮在被窩築成的巢中，郁真看不清謝羽笙看自己的表情，他只是模模糊糊地聽到謝羽笙在自己耳畔低喃。

「但是太遲了……我討厭你的費洛蒙，討厭到快要發瘋。」

瘋狂的話語中帶著一絲悲傷，捲著意識不清的郁真再次墜入了夢境。

第四話

逃離

這次，郁真夢到了自己剛收到分化報告的場景。

每個人會在十八歲成年前分化出第二性別，詳細時間會根據發育狀況和家族基因上下浮動。為了確保處於發育期的學生身體健康，學校每個季度都會給未分化出性別的學生安排體檢，提供分化報告。

大多數的學生基本都在十六至十七歲間收到第二性別的分化報告。

像注重基因、世家出身的謝羽笙，才剛年滿十六歲，就毫無意義地分化成了 α，早早地確定了他作為謝家未來繼承人的身分。

而因為謝家少爺謝羽笙喜歡郁真，這個被世家們視為暴發戶出身的孩子，他的每次體檢都會受到很多人的關注——

尤其是來自謝家的。

當時曾有傳言，儘管謝家對郁家有諸多不滿，但是只要郁真分化成 Ω，兩家必定會聯姻。

郁家能否鯉魚躍龍門，差的只是一份郁真的體檢報告。

從滿十六歲起，郁家兩兄弟就積極參與每個季度的體檢。但一直到十八歲，兩人體檢報告上寫的都是「尚未有分化跡象」。郁家私下也沒少找醫生為兩兄弟，尤其是郁真做檢查。

那段日子，可以說是郁真這二十六年來最受關愛的時候。

它一直持續郁真十八歲的夏天。

那天，上著課的郁理忽然發起了高燒，濃烈的紅酒味費洛蒙差點引發校園暴動。

他被學校緊急送去醫院。郁真陪郁理一起做了檢查。

結果出乎所有人的意料，郁真被判定為 β，而郁理卻分化成了 Ω，且他的費洛蒙與謝羽笙的匹配度高達百分之九十八。

能有這麼高匹配度的兩人，一般被稱為「命運之番」。

那天，郁真再次體會到了從幻想中跌落現實的難堪和恐懼。

「郁理是 Ω，小真你怎麼會是 β 呢！你們不是雙胞胎嗎？一定是哪裡搞錯了……」那天，匆忙趕來的謝羽笙看著報告單上的 β 符號，頃刻臉色煞白。

他低聲反覆喃著「搞錯了」，強行要求醫生再檢測一遍，很多遍。

無論多少遍，結果都不會改變。

郁真就是 β。

謝羽笙不想接受，也必須接受。

「……β 其實挺好的。至少我不用擔心你會遇到針對 Ω 的危險，也不用擔心 Ω 的藥物有害你的身體了。」

慌亂過後，謝羽笙重新揚起了笑容。

「而且，以後再也沒有人會懷疑我對你的喜歡啦！」抬眸對上郁真不敢置信的眼神，謝羽笙馬上比手畫腳地補充：「如果你是 Ω，回頭肯定有人要說是你用費洛蒙引誘了我、我被你騙了。所以你是 β 才更能證明，我是發自內心地喜歡你，和你是 Ω 還是 β，有沒有費洛蒙都沒有任何關係！」

說完，謝羽笙握住了郁真的手，試探地晃了晃。

「我也不用再擔心你討厭我的費洛蒙味道了，呼……老實說我鬆了口氣呢。父親說我的費洛蒙氣味太刺鼻了，到了易感期，控制不住費洛蒙濃度，肯定會熏暈伴侶。」

凝視郁真的藍眸亮晶晶的，與過去看郁真的目光沒有什麼兩樣。有那麼一瞬，郁真差點就相信了，他是 β，是一件好事。

可惜，很快就有人打醒了郁真，用最現實不過的話語。

夢境的場景轉為了父親的書房，郁真惶恐不安地站在辦公桌前。郁銘山坐在辦公桌對面，用郁真既陌生又熟悉的目光打量著他。

過去，郁真樣樣比不過郁理時，父親也是這麼看郁真的。眼神中寫的不是失望或是遺憾，而是對郁真的估價。

和他看待次級品時的眼神一模一樣。

這目光直至郁真遇到謝羽笙後，才被充滿慈愛的笑眼取代。

郁真以為自己早就淡忘了過去。

可那一刻郁真才明白，慈愛的笑眼，其實也是一種估價——只不過是對待良品的。

現在的郁真顯然不再是良品。

「郁真，你希望謝羽笙幸福，對嗎？」雙手相握抵著下巴，郁銘山看了郁真半晌，才開口問道。

是的，所以我想和謝羽笙在一起。他說和我在一起就會幸福。

郁真在心裡斬釘截鐵地回答著。雙脣卻始終緊抿著，無法吐露出心聲。

「郁真，我是不會阻止你和謝羽笙在一起的。你和郁理都是我的孩子。」

說謊。

「感情的事，當然要本人做出選擇才可以。你已經是成年人了。」

說謊。

「但身為父親，我有義務提醒你幾件事。」

說謊！

「謝家是不會允許家族未來的繼承人與暴發戶出身的 β 結婚的。我相信以謝羽笙對你的喜歡，他一定會義無反顧地放棄一切——為了和你在一起。」相握的手鬆開，「咚」地落到桌上，一下子就撞斷了郁真抗拒的心聲。「郁家是敵不過謝家的，一旦謝羽笙放棄繼承權，郁家也會放棄你。」

郁真一愣。

可郁銘山接下來的話更令他震驚。

「我知道，郁家長子的身分對你來說只是負擔。你太在意他人對你的看法了，尤其是在郁家這樣的環境下。所以我們如果斷尾求生，對你反而是好事。」

喉嚨被父親的話掐住了。「我沒有……」

「但謝家不會放棄謝羽笙的。他和你不一樣，他是優秀的孩子。如果他跟你跑了，謝家不會放過你們。到時，你們將不再擁有生活，只剩下生存。謝羽笙和你不一樣，他是活在驕傲中的孩子。他看似好脾氣，實際全身都是稜角。只有富足、優渥的環境，才能容下他的稜角。如果把他變成和你一樣，變成令人失望的、必須磨平自己稜角才能活下去的樣子……那時的謝羽笙會做何感想？他會再如何看待你，看待對你的感情？」

「……他、他說過……他不會改變的……」

「人都是善變的，就算他不想變，他的身體也會逼迫他做出改變。情慾是比情感更原始的存在。你緩解不了他的性慾，只會徒增他肉體和精神上的痛苦。」

「……」

「郁真啊，我是你的父親，我比誰都瞭解你。瞭解你有多像我，看似柔軟脆弱的靈魂，實際有多自私。」

……

「你這個孩子，就是太容易讓人失望了。身為父親，我不希望你難過。我必須提醒你，直視你的心，不要衝動。」

「……」

「接下來的日子，你自己做出決定吧。」

「……」

嘴上說著「你自己做出決定」，但事實上郁真知道，父親早就做好了打算——無論郁真選擇什麼，郁家都會放棄他。

只要他在，謝羽笙就不會服軟，那麼最終，謝家勢必會出手讓郁真不在。

唯一有區別的是，他一個人離開，或者他和謝羽笙一起離開。

他哪個都不想選。

郁真把自己活成了縮頭烏龜。

不去聽郁理和他念「謝羽笙的費洛蒙有多好聞」，不去理會旁人幸災樂禍的談論，更不去看父親意味深長的審視。

他想把選擇的那一天拖到越晚越好，晚到這輩子可能不會再出現。

但上天從來沒有聽過他的祈願。

某個盛夏夜晚，謝羽笙偷偷跑來找郁真，說出了他最不想聽到的話：「我們逃跑吧，小真。不去管那狗屁的命運，我們逃到誰都不認識我們、允許我們在一起的地方吧！」

「……」

夢裡的郁真沒有給出回答。

眼淚先一步不可遏制地流了出來，將被子打溼。

夢境就這樣被淚水打碎。恍惚的意識回到現實，郁真腦中只剩下一句話在腦中不斷地循環：

「你這個孩子，就是太容易讓人失望了。」

是啊。他讓所有人都對他失望了。

那個唯一看到他、把他放在心上的謝羽笙，也對他失望了。

只是因為郁真害怕未來感情蹉跎，看到對方後悔的模樣，他就拋下他，頭也不回地跑了，從此不聞不問。

活該他被討厭。

郁真睜開眼睛，將臉探出被子。

天色不知何時暗了下來，將屋內的一切都染成了昏黃色。

胃部空空的，有些微妙的灼燒感，但沒有飢餓感。

右手手背上留下了一個明顯的紅點。郁真看了眼只剩下體檢報告的床頭櫃，夾板上最上面的一頁是寫著今天日期的報告。

八月十二日

後頸傷口已痊癒，腺體已與神經連接，病人脫離初期危險階段。

鑑於病人昏迷時間較長無法進食，經少爺批註，注射營養針一支。

胃病發作，反胃到難以進食時，郁真有時也會給自己注射營養針，這是個方便又能保命的好方法。

視線移回到自身，郁真發現身上的睡袍又被換了新的。

後穴裡，精液都被處理乾淨了。這次，對方終於給郁真換上了貼身的內褲。緊致的布料包裹住臀部，讓紅腫的後穴不會再被布料反覆摩擦，充血難耐。

是謝羽笙授意誰幫他做的清理嗎？就像要求徐醫生來幫他檢查身體，還幫他注射營養針。

但他為什麼要這麼做呢？是……擔心他嗎？

不。絕對不是。

郁真回憶起謝羽笙用空洞的雙眼說他淫蕩、說他臭的模樣。

他的確變得淫蕩無度了。接連的兩次性愛讓他清楚地確定了這點。

此外，通過性愛，郁真也確定了謝羽笙對他的厭惡。

郁真在他的脣間聞到了淡淡的費洛蒙，安撫腺體的方式應該不只性愛，謝羽笙會進入他的身體，用精液和費洛蒙澆灌他，卻拒絕親吻他。

親吻，是需要感情才能做的事。

但性愛不需要。

兩個人只要有慾望就能做愛。

就如他們現在的關係。

也許只有郁真活下去，用這淫蕩的身體活下去，謝羽笙才能在他身上宣洩這八年來積累的厭惡吧？

回想起避開郁真親吻時謝羽笙眼底流露的嘲諷，胸口就一抽一抽地作痛起來。

郁真受不了會被謝羽笙討厭的結局。

八年前他受不了，所以他跑了。

八年後他受不了，他又想要逃跑了。

「但這次，只要我離開他，我就會死……」

手穿過髮尾，落在後頸。

傷口處貼著一層薄薄的膠布，手指沿著膠布摸索，能夠清晰地摸出一條微微凸起的痂，就像一條蜈蚣，攀在本該光滑的後頸。

它讓郁真變得不像自己，反抗它，就必死無疑。

郁真閉上眼睛，把臉埋進被子裡。

他沒有勇氣赴死。

所以就這樣吧。就先這樣吧。

反正見到謝羽笙，他就會被情慾沖昏頭腦，失去理智。恢復意識後，謝羽笙就不在了，就像每次作夢醒來後那樣。

只要郁真不去回憶做愛的畫面，不去感受身體的異樣，那麼他和謝羽笙間發生的一切，就都是夢。

「沒錯，那些都是夢，虛假的夢。反正我愛作夢。反正總有一天，它們都會變成夢。」

郁真反覆念著，再一次把自己變成了縮頭烏龜。

之後的幾天，郁真每天都會發情，有時是白天，有時是晚上，情慾總是毫無預兆地上線，將郁真浸入紅酒的醉人芬芳中。

也許是聞到了郁真的費洛蒙，謝羽笙總能在他發情的時間段出現。

見到謝羽笙，感受到那若有似無的麝香百合後，郁真就會把身體的支配權交給痴迷花香、渴望謝羽笙操弄後穴的情慾，讓理智下線。

八月十三日

腺體穩定進入發育階段，但病人體內費洛蒙濃度過高，需謹慎控制，避免病人的腺體病變，或性慾成癮。

八月十四日

病人的指數有輕微異常，目前仍在排查異常原因。

姑且排除費洛蒙過量的可能。

八月十五日

異常值升高，病人疑似進入腺體第二發育階段。

少爺的費洛蒙成功催化腺體成長，使其成長速度提升了三倍。

但務必小心不要揠苗助長，需格外注意病人生理與精神的狀況。

……

體檢報告的內容每天都在增加，郁真能感覺到腺體正在他的身體內飛速成長著。

最實際的體現是，他的發情時長與日俱增。

情慾不知節制，它貪婪地渴望得到更多謝羽笙的費洛蒙，尤其是在性器闖入到肉穴深處時，它總是不滿足地絞住性器，希望謝羽笙能夠進入更深、更隱祕的地方。

一個郁真始終不知道是哪的地方。

這份渴望越發強烈，卻始終得不到滿足。

在某次令郁真喘息不止的性愛中，他終於說了出來：「唔、深、再深一點……想要、想要……」

看在坐在自己身上，用後穴起伏吞嚥著性器的郁真，謝羽笙瞇起眼睛。「哪裡？」

「這、啊、這裡……」郁真說不出它是什麼，只能拉著謝羽笙的手，放在他的腹部，往上遊弋。「再上去、上去一點的地方……唔、那裡……想要……」

「……」

抽插的肉棒忽然不動了。

空氣平靜了兩秒，謝羽笙低聲笑了起來。

他胯部用力往郁真描述的地方用力一挺，粗壯的龜頭隨即撞擊在了柔嫩的內壁上。

「唔啊！」郁真被撞得揚直了脖子。

「是這裡嗎？」謝羽笙問。

「嗯、是。這裡、再、再進去一點……」

「現在還進不去。」龜頭抵在內壁，磨人地蹭了蹭。「你知道這兒是什麼地方嗎？」

「什麼、哈啊、地方？」

「生殖腔。」嘴角揚起一抹嘲諷的笑容，謝羽笙握住郁真的手，兩手相疊著按在腹部。「這裡，是孕育孩子的地方。在腺體成熟的那天，它就會打開，歡迎我進去，在你的孕囊裡成結，讓你懷孕。」

「懷……孕？如果懷孕了，要怎麼辦？」迷茫地睜開眼睛，沉迷於性愛中的郁真感到了一絲慌亂，他本能地按住了肚子。「要、要生出來嗎？」

謝羽笙促狹地笑道：「當然不會讓你生啦。你又不是我的Ω。」

「……」郁真一怔，情慾莫名地淡了幾分，意識透過滾燙的喘息，對焦到了謝羽笙的臉上。

比起沉迷於性慾中不時透露醜態的郁真，謝羽笙顯得無比清醒，掛在嘴角的笑容恰到好處，顯得從容又疏離，一雙無愛的藍眸始自始至終沒有一絲一毫的情感透露，彷彿那個在郁真身體裡射了一次又一次的人並不是他。

他從未動情。

他只是一個旁觀者，冷靜地看著郁真沉淪。

「雖然郁家把腺體移植到了你身上，雖然我們的費洛蒙匹配度有百分之九十八，但那又代表了什麼呢？呵呵，誰規定費洛蒙匹配度就是兩個人在一起的理由？你嗎？還是你背後那愚蠢的、以為可以掌控我的郁家？」戴著黑手套的手指落在郁真的臉頰，將指尖沾染的淫液擦在他的唇角，謝羽笙壓低聲線，一頓一頓地笑道：「呵呵，沒錯，我是個會受費洛蒙控制的 α，但別忘了，我也是謝家現任的家主！我可以選擇沒有費洛蒙的 β，也可以選擇和我匹配度為零的Ω，甚至是 α！」

手指沿著郁真臉頰的肌肉，劃過笑肌、耳垂，延伸到後頸，落在結痂的傷口上。

微涼的指腹隔著醫用膠布掐住了痂，與其黏連的肌膚被拉扯著，劇烈刺痛傳來。

「唔！」郁真吃痛地蹙眉，意識在痛覺中更加清晰了，清晰到能夠把謝羽笙說的每個字、每個語氣、發出了多少嘲諷的笑音，都聽得清清楚楚。

「郁真，如今是你們郁家求我操你，是你們需要我，為了快破產的郁家能苟延殘喘，為了你這時刻都會病變的身體能活下去……從始至終，都不是我需要你，明白嗎？你不是我的Ω，你連我的情人、炮友都算不上，只是郁家為了自保送來的一個玩具。我高興了，就陪你玩幾天，我不高興了，你就什麼都不是。這樣的你，又怎麼能幫我生孩子呢？嗯？你配嗎？」

謝羽笙推開坐在他身上的郁真，龜頭「啵」脫離了穴口。

沒有了肉棒的填充，被捅開了的穴口合不攏，精液汩汩地淌了出來。

空虛感作祟，郁真本能地想再靠近謝羽笙，但卻被謝羽笙毫不留情地按住。

「郁真，你的身體只是不能注射費洛蒙抑制劑，又不是不能接受打胎藥。不配誕生的孩子，打了便是，你說是不是？」

「……」郁真的臉漲得通紅，既是因為翻騰難消的慾望，也是因為謝羽笙的話。

「放心，徐醫生每天都會檢查你的身體。如果你懷孕了，他一定會第一時間發現，並處理掉它的，絕對不會讓孩子長到難以落胎的地步，讓你有生命危險。你還能繼續苟活著。準確地說，你甚至都不會察覺——只要你不去看寫在病歷單上的內容。」謝羽笙瞇起眼睛，視線領著郁真看向放在床頭，每天都會更新的體檢報告。「以徐醫生的性格，他肯定會把落胎的方法、胎兒的情況如實寫上去的。」

「不、不要……」一瞬間，曾讓郁真麻木的體檢報告彷彿變成了洪水猛獸，他恐懼地往後退，縮在另一側床頭。

「不要什麼？」謝羽笙抓住郁真的腳踝，毫不留情地將他拖回身下。「郁真，你有什麼資格說不要？你這身體，還有什麼是你能掌控的？」

「唔！」謝羽笙話音未落，性器就整根頂入了他的後穴，重重地撞在了尚未開啟的生殖腔處。

「啊啊、哈啊……」郁真被撞得蜷縮起了腳趾，呻吟又從雙脣中溢了出來。

「看吧，你想要的。你想要我進去，想要我撞開你的生殖腔，想要我在你裡面射滿精液，想要懷上我的孩子，是不是？嗯？是不是！」

「唔嗚、啊、哈啊……啊！」

不是的。

他不想。

這些全都不是我想要的。

郁真在心裡歇斯底里地反駁著，但叫出口的卻全是呻吟。

情慾與慌亂化作眼淚，在眼眶打轉。

可惜，謝羽笙不會憐香惜玉。

「你猜這裡還有多久會打開？會不會就是現在？我現在就把它撞開，操你的肚子吧！」

撞擊肉穴的力量變得粗暴，郁真感覺自己就像被捲入了海上颱風之中，身體隨撞擊劇烈搖晃，晃得他頭暈眼花，連喘息都支離破碎。

在這種粗暴的對待下，仰成弓形的身體卻越發灼熱。身前的小肉棒顫慄著，嬌喘聲迴盪在耳畔，淫蕩得眼淚糊滿臉頰。

然而僅存的理智不足以反抗，身體被心底更強烈的需求控制著，它正在不停地喊著「再用力一點」、「撞碎我吧」、「進到生殖腔裡」、「把阻擋在這裡的那層肉頂破吧」……

「啊啊、啊、哈啊啊——」

這些渴望，最終化作稀薄的精液，不受控制地噴灑在謝羽笙的襯衣上、濺在他蒼白的臉上。

「真可惜，今天不是讓你懷孕的日子。」

撕下一張報告紙抹去臉上的精液，謝羽笙譏笑著把紙揉成團，扔在郁真那隨喘息起伏不止的胸膛上。

「我會好好期待之後的體檢報告的。你也是……」

「要好好期待哦。」

第五話 懷孕

Ω和 α的生理課是在每個人分化後才會教授的。

十六歲以前，郁真對 Ω 的瞭解僅限於謝羽笙和家人的執念——因為謝羽笙早早分化成了 α，所以被謝羽笙喜歡的郁真就必須成為 Ω。

郁真閉塞的生活不足以讓他對 Ω 還有更多的想法，直到某天，他在去花房的路上撞見了一名跳樓的 Ω。

準確地說，是搶救無效，已經墜樓而亡的 Ω。

救護車和警車封鎖了那名 Ω 死亡的區域，無數的學生站在警戒線外，七嘴八舌地說著話：

「他真是太不謹慎了，居然懷孕了。」

「也不知道他的那個 α 是誰。」

「我聽說他被 α 拋棄了，所以才想不開要跳樓？唉，他是高三的吧？」

……

郁真沒有為死去的 Ω 感到悲傷，他只感到了害怕。因為他捕捉到了兩個詞：「懷孕」、「拋棄」。

身為尚未分化的男性，郁真是沒有懷孕的概念的。更沒想過，這件事會發生在 Ω 身上。

如果我成為 Ω，我會為謝羽笙生孩子嗎？

如果我成為Ω，我會像那個跳樓的學長那樣，被謝羽笙拋棄嗎？

如果我成為Ω，有一天，我會因為懷孕而自殺嗎？

一堆亂糟糟的想法占據郁真的大腦。他不知道自己是怎麼走到花房的，也不知道謝羽笙是什麼時候來的。

等他回過神時，他已經被對方抱在了懷裡。

比郁真小一歲的少年在這一年裡成長了不少，不僅個子超過了郁真，就連胸膛都變得結實硬朗了起來，輕而易舉地就能包裹住郁真。

寬大的手掌踩著秒針的節奏，一下一下地輕拍著郁真的後背，十五歲的謝羽笙安慰著：「沒事的沒事的，那些事都和小真沒有關係。小真不要害怕，我會保護你，永遠都不會讓誰傷害你。」

溫柔的聲音，一下子就讓郁真紅了眼眶。

他想說「我不要懷孕」，但是記憶中，十六歲的郁真卻問：「如果我懷孕了，那該怎麼辦？」

然後，郁真聽到了謝羽笙有些傻氣的笑聲：「如果你願意的話，我當然是希望你能把孩子生下來啦……我、我會努力成為一個好父親的！你不要看現在我才十五歲，看上去很不可靠，我以後一定會很有出息的！真的！再過一年，等我滿十六歲，我就會去家裡的公司工作。以後，我會成為謝家的下任家主，我會給你和孩子最好的生活。」

「……」

「相信我，小真。」

「……」

郁真再睜開眼睛時，時間已跳躍到深夜。

兩鬢的頭髮都被眼淚染溼了，但郁真身邊早就沒有那個會抱住他、安慰他的少年。

他又和往日一樣，在瘋狂的性愛中失去神智，再醒來時，身上已經換上了乾淨的睡袍。

屋內只有一盞光線微弱的床頭燈亮著，照著躺在床上的他，和床頭櫃上的體檢報告。

每天郁真醒來，體檢報告就會增加一頁，今天也不例外。

八月二十一日

已確定病人的費洛蒙過度增長的原因：生殖腔生長中。

腺體發育良好，可排除異常狀況，預計最多一個月，病人的孕囊即可成熟。

「……一個月？」郁真啞聲念道，手不知不覺地落在了腹部上。

意思是，最多再過一個月，謝羽笙就可以進入到他身體本不存在的地方，讓他……懷孕？

胃又火辣辣地燒了起來，之前郁真總以為是胃病發作，他的腹部才會如此難受。但現在細細想來，有醫生每天盯著他的身體狀況，哪怕食慾不佳，也會第一時間幫他注射營養針，他是不可能因胃病而不舒服的。

那麼，這些日子從腹部傳來的微妙不適感，就有了另外的答案——孕囊，正在他的身體裡生長……

「……嘔、唔、嘔嘔——」郁真趴在床上，捂住腹部，難以遏制地乾嘔出聲。

生理性的淚水和鼻涕糊滿臉頰，麻木了多日的痛苦跟隨嘔吐欲全湧上了大腦，在腦內歇斯底里地喊著：我不能懷孕！絕對不能！

這完全超出了郁真能夠消化和接受的範疇！

郁真彷彿又聽到了謝羽笙的笑聲，冰冷的、赤裸的、令他無地自容到快無法呼吸的譏笑聲，和夢裡那個溫柔地安慰自己，呢喃著「要相信我」的聲音截然不同。

為了度過現在的日子，郁真總是自欺欺人，說現今的遭遇都是夢。

性愛留下的紅痕，只要郁真把身體埋進被子裡不聞不看，不久它就會消失。

但若留下了孩子……

那麼無論郁真如何蒙住眼睛、自我欺騙，都無法假裝他不存在。

哪怕謝羽笙不會讓他把孩子生出來，孩子會在郁真知曉前就被殺死，但身體一定會留下傷疤，就像後頸的傷一樣。

到那個時候，郁真就再也不能自欺欺人地說那是夢境了。

到那個時候，他該怎麼辦？

他和謝羽笙之間……又會變成什麼樣？

他會因此被謝羽笙拋棄嗎？

記憶中，那個摔爛在高樓下的身影再次浮現出來。

是的，謝羽笙會拋棄他的。

郁真恐懼地揪住頭髮。

思緒亂如麻，郁真需要一些時間冷靜且仔細地去思考應對方式，偏偏這時候，濃郁的紅酒香又在屋中散開了！

郁真不敢相信地連吸了好幾口氣。

這是他費洛蒙的氣味。

它正用濃郁的紅酒味告訴郁真，它又在渴求謝羽笙了。

他又要發情了！

怎麼會那麼快？

上一次性愛結束後，他只睡了一覺，醒來就……空氣中沒有謝羽笙的麝香百合殘留，誘導他發情，他怎麼會那麼快進入發情狀態？

……是因為生殖腔嗎？為了索求更多生殖腔生長需要的費洛蒙，他將進入無休止地發情狀態，直到生殖腔吃夠費洛蒙，成熟打開？

雙唇微張，郁真的呼吸不由自主地停滯了。

如果真是這樣，那麼接下來的日子裡，他還有多少時間能保持清醒？

如果繼續放任身體沉溺情慾，他清醒的時間會不會越來越少？少到……某天醒來，看到體檢報告上寫著「檢測到胎兒，已處理」？

郁真顫抖地伸出手，捂住嘴鼻。

他必須逃離。

他不能繼續待在這個房間了！

嘩啦啦……

不遠處的窗外傳來海水漲潮的聲響，抓住了郁真亂成一團的思緒。郁真遲疑了一秒，接著他循聲爬下床，光著腳來到陽臺邊。

海灘就在別墅不遠處約三、四百公尺的地方。海浪沖刷著岸邊，捲著砂礫歸於大海，月光灑落在水面上，化作粼粼波光，引領著視線一直延伸向深不見底的黑暗。

凝視著黑暗，郁真彷彿聽到了來自黑暗的呼喚：來吧，來我這吧。躲進我的懷抱裡，就再也看不到謝羽笙厭惡的表情了。

想到這，郁真失神地走到房間門口。

喀！喀！

門被鎖住了，門把根本轉不動。

沒關係。

郁真扭頭走回到窗口。

房間位於別墅二樓，距離地面約有三、四公尺高。

嘩啦啦……

海浪聲似是在催促郁真。

嘩啦啦啦……

落在欄杆上的手指有如觸碰到了某種溼黏的液體，郁真猛地收回手。

手上什麼都沒有。

欄杆被擦得很乾淨，沒有半點灰塵。可是……

熟悉的喘息聲貼著郁真耳畔響起。恍惚的視野裡，郁真彷彿看到了不久前被謝羽笙按在欄杆上，放縱淫叫的自己。

「再叫大聲點，你不是喜歡嗎？再叫大聲點！」

「不是的……我不喜歡這樣……我控制不了……我……」郁真捂住耳朵。

然而他越是不想聽，幻聽就越響亮。哪怕身處於露天環境，紅酒味仍然迅速累積到醉人的濃度，讓裸露在外的肌膚都染上潮紅。

「看吧，你想要的。你想要我進去，想要我撞開你的生殖腔，想要我在你裡面射滿精液，想要懷上我的孩子，是不是？嗯？是不是！」

「不是！不是不是不是不是不是不是──」郁真歇斯底里地尖叫。有溼黏的液體沿著顫慄的雙腿緩緩向下滴淌，空氣中的紅酒味更加醉人了。

「不要……唔……不要！」

郁真六神無主地看向昏暗的房間，看向那扇被反鎖的房門。光是想著費洛蒙的氣味會引來謝羽笙，他就覺得喉嚨彷彿被掐住了，快無法呼吸。

害怕門會在下一秒被打開，身體比大腦先行動起來──手攀著欄杆，帶著身體越到陽臺外。

發麻的雙手無法承擔身體的重量，郁真毫無防備地摔了下去。

咚！

赤腳落地的剎那，郁真聽到了左腳踝骨骼錯位的聲音。身體劇烈地搖晃了一下，他失衡地跌坐到地上，緊接著，撕心裂肺的疼痛直闖天靈蓋——

如果是以前，郁真一定會痛得低聲抽泣，露出難過的表情。

人們都說，會哭的孩子有奶喝，所以他很會哭。他渴望能得到誰的同情和憐愛。

但現在，郁真的臉上沒有一絲表情，彷彿感覺不到疼痛。

他甚至因為雙腳觸碰到了地面，而感到了一絲古怪的安心。

是啊……我早該跳下來了。

只有跳下來，我才能從現狀裡逃脫。

嘩啦啦……

海聲陣陣，彷彿在回應郁真：快跑！跑到海裡去！鑽進黑暗裡！這樣就不會被謝羽笙抓到了！

聽從聲音的指引，郁真支起身體，拖著每觸碰一下地面，就會帶來椎心之痛的左腿，往海浪傳來的方向快走。

幸好，海距離別墅並不遠。

郁真費了些力，終於在意識被冷汗浸透前走到了堤壩。

腳已經沒有力氣跨過堤壩了。郁真只覺得身體往下一沉，下一秒，他整個人就倒入了漲潮的海水中。

寒意籠罩全身，海水一股腦地灌入眼、口、鼻，剝奪走雙眼和呼吸的自由，帶來冰冷的鈍痛感和窒息的黑暗。

海浪拍打在耳朵上，奏出驚雷般的巨響。郁真覺得自己就像浮萍，沒有自控的支點，只能在黑暗中跟隨搖曳的水波晃動。

他能清晰地感覺到海水正捲住他，往更深的海域蕩去。

恐懼隨之而來。

郁真握緊了企圖掙扎的雙手。

既然他的身體離開謝羽笙就會死——橫豎最後都會死，不如趁早逃去死亡之地吧。

沒有意識，也就不用再感受誰對他的失望。沒有存在，也就不會再有誰會對他失望。

更不會傷害一個不被誰期待的生命。

是的，只要他逃去死亡之地就可以了。

浸泡在海水中，逼迫自己隨波蕩漾的郁真做出決定。

快點。好痛苦。快點將我吞入深淵吧。

郁真在心中焦急地禱告著。

恍恍惚惚間，郁真又聞到了令他著迷的麝香百合。它化在海水中，染上刺鼻的鹹味，將郁真好不容易浸入海中的思緒打撈回現實。

然後，郁真聽到了他的名字。有人正在呼喚他。

郁真一怔，來不及去想那是誰的聲音，一雙有力的手臂猛地抱住他的腰，拽進懷裡死死抱住。

剎那間，郁真以為自己又在作夢了。

只有在真正的夢裡，他才會被人如此擁抱。

「郁真！你知道自己在做什麼嗎！你想死嗎！你就那麼想離開我嗎！」身體不受意識的控制，只能任由對方抱著，對著他進水的耳朵撕心裂肺地怒吼。

對方說著，拽住郁真就往岸邊拖。

海浪形成阻力，擠壓著與它對抗的身軀，拿捏住脆弱的五臟六腑。光是被人拖著，郁真就感到難以言喻的痛苦，更不要說要承受他的體重，帶他回去的人。

「放開……我。反正、唔、你早晚……唔、也會丟掉、唔、我的……」吞吐著海水，郁真艱難回應。

「你作夢！我把什麼都給了你，你要的我都給你了！所以我要的你也必須給我！我不會再讓你離開我！你只能活著，你必須活著！這是你欠我的，郁真！你沒有資格拒絕！」收攏手臂，更用力地擁抱住郁真，彷彿要將他揉入身體

裡，謝羽笙繼續往岸邊游。

不知道過了有多久，包裹住郁真的水壓忽然退去，身體落在了凹凸不平的岸邊。

顧不得恢復體力，謝羽笙一邊急喘著氣，一邊推壓郁真的胸腔，擠出嗆入的海水。

「……咳！咳、咳咳、嘔咳咳咳咳……」咳出堵在喉管的海水，氧氣重新灌入體內後，郁真劇烈地咳嗽起來。他難受地想要蜷縮身體。

可是他身上的人牢牢地釘住了他，不讓他動彈分毫。

「哈、哈哈，醒了嗎？醒了就給我睜開眼睛！」瘋狂的雙手落在郁真臉上，撐開他被生理性淚水和海水糊滿的雙眼。「看啊！你不是想要看我發瘋嗎？哈、哈哈……你做到了，郁真！我快瘋了，我快瘋了！你不知道我有多想咬碎你，再掐死我自己！」

瘋狂從混沌如死水的藍眸中翻滾而出，按壓雙眼的手轉移到郁真的脖頸處，掐住了咳嗽不止的他。

呼吸頓時又變得不暢，一口氣卡在嘴邊吐不下去，郁真的臉漲得通紅。

痛苦間，郁真又聞到了麝香百合的香味，濃郁到刺鼻，就像是誰提取了上萬朵麝香百合的精華，濃縮成一小瓶香水，再將它狠狠砸碎在郁真面前。

炸裂的香味籠罩住郁真，疼痛感、窒息感、嘔吐感……所有感官都在頃刻間都被剝奪。

如果說之前謝羽笙給予他的性慾是甘甜的蜜漿，那現在他傳遞給郁真的，就是絕對的、不可抗拒的壓迫！

以郁真現在的身體，是絕對承受不住這樣濃烈的費洛蒙的。

後頸如同被撕裂一般劇烈作痛，甚至比錯位的腳踝還要令郁真疼痛難耐。浸透了海水的身體冷汗直冒，郁真面色慘白地咬緊牙關，仍無法遏制這從靈魂深處湧出的寒意。

好痛苦……好痛苦。好痛苦、好痛苦好痛苦好痛苦好痛苦好痛苦好痛苦好痛苦好痛苦好痛苦好痛苦好痛苦好痛苦好痛苦好痛苦好痛苦好痛苦！

他在謝羽笙的身下瑟瑟發抖。

身上，收縮的雙眸一眨不眨地盯緊住郁真的脖子，就如同盯緊獵物一般。謝羽笙嘴角微微抽搐，尖銳的犬牙對著夜色，泛出危險的光澤。

謝羽笙如野獸般低吼了一聲，俯身向郁真撲去——

「唔！」就在郁真以為這人要撕裂他時，謝羽笙抬起了左手，搶先送到嘴邊。尖銳的虎牙直接咬穿手套，釘入血肉。

唾液和血液迅速濡溼黑手套，緋紅色的液體滑過手腕，一滴、一滴，又一滴地落到郁真的臉上，襯著他慘白的臉色，宛如白雪中開出紅花。

看得謝羽笙目光微顫。

「怕什麼……現在、至少現在、我不會咬你的。」謝羽笙啞著嗓子，斷斷續續地說完，右手隨後從外套口袋裡掏出一支郁真再熟悉不過的針筒，扎入後頸。

藥劑注入體內，再強烈的費洛蒙都被瞬間消滅。

藍眸中的神采再次墜入混沌，謝羽笙放下被咬穿了的左手。拇指就著手套輕輕擦掉郁真臉上的血液，謝羽笙閉上眼睛，身體向後一歪，倒在了郁真的身旁。

第六話 選擇

謝羽笙暈倒後，徐醫生就和醫護人員抬著擔架跑來，分別帶走了兩人。

郁真身上有很多小傷，最重的莫過於錯位的左腳。徐醫生說他不懂骨科，所以交給了同行的另一名男性 β 醫護人員。

待他掰正骨頭，再敷藥固定，幫郁真處理完身上的傷後，已是深夜。

麻藥暫時抹平疼痛，讓一切都回歸平緩。

這名醫護人員全程一言不發，忙完後就離開了房間。在旁邊記錄的徐衡卻沒走。他拿著一支深灰色的智能手機，時而看看螢幕，時而看看坐在輪椅上的郁真。

郁真正直勾勾地看著前方，明明是被人救回來了，但又像沒救回來似的。

好半天後，徐衡收起手機，遲疑地問：「為什麼尋死？你……那幾天一直都很穩定，是什麼讓你突然崩潰了？」

「……」

「是因為我寫在報告上的內容，刺激到了你嗎？」徐衡斟酌著用語。「我很抱歉，我習慣如實記錄病情。但我忘了有些內容，對曾經身為 β 的你來說，的確有些難以接受……」

「……」

「這都是我的疏忽，我——」

「我不想像Ω那樣懷孕。」乾啞的聲音從雙唇間緩慢地流淌出來，打斷了醫生的自責。

醫生連聲附和：「這件事對β來說，的確很難接受。」

「謝羽笙說，如果我懷孕了，他會殺死孩子……在他出生之前。」郁真目視著前方，自顧自地說著：「我不想懷孕，我害怕那一天的到來。所以，我只能逃跑。」

「少爺他只是在說氣話。」

「他憎恨我。」

「……」房間陷入了令人尷尬的寂靜。

徐衡張開嘴，猶豫了有兩三秒，又閉上，下一秒他又張開了嘴。

如此反覆糾結了幾個輪迴，終於，他長嘆一口氣，認命般地說道：「少爺從未憎恨過你。」

「我拋棄過他，他憎恨我。」郁真堅持。

「少爺的身體狀況很不好。」

話題轉得太突然，郁真嘴邊的話語一下子被堵住了。

直覺告訴郁真，不要去管謝羽笙，那不是他能管的人，但嘴卻不受控制地問：「……手傷……那麼嚴重嗎？」

謝羽笙戴著手套，郁真不知道傷口究竟有多重。單單從出血量來看，創傷面應該不小。

醫生搖頭：「外傷能癒合，頂多和以前一樣留疤，從來都不棘手，棘手的是少爺的精神狀態。」

他的精神怎麼了？

郁真回憶起了謝羽笙抓住他時歇斯底里的樣子。

的確，時隔八年，謝羽笙的脾氣和過去有天壤之別，他變瘋狂了。郁真將其理解為謝羽笙厭惡他、厭惡到失去儀態和原則，只能通過瘋狂來宣洩這八年來積壓的情緒。

「少爺不是有意要和你說那些話的，他只是生病了，控制不住要去傷害你，更控制不住會去傷害自己。」徐衡搖頭嘆息。「只要你見過少爺的身體，你就會明白了。」

但是郁真沒見過他的身體。

儘管他們做了超乎尋常關係的親密之事，但在這過程中，謝羽笙從不脫衣服和手套。

每每回憶起謝羽笙穿戴整齊地操弄自己，把自己變得亂糟糟的，難堪就油然而生，壓得郁真喘不過氣。

郁真閉上眼睛，想結束這本就不該開始的話題，徐衡卻先他一步開口：「我帶你去看看少爺吧。」

「……」不。我不想去。

「也許你見過少爺藏起來的那一面，你就不會想再尋死了。」

「……」不。你說謊。

「郁真先生……少爺的事，你知道得太少了。」

「……」我不需要知道。

「你不在的這八年，少爺過得很辛苦。」

「……」

「如果你要判他和自己死刑，我想……至少帶著真相再離開？」

「……」

「求您了。」

「……」

眉頭越皺越緊，拒絕的話就在嘴邊，隨著沉默而變得越發沉重。

郁真閉上眼睛，他聽到自己說：「我知道了……」

「我這就帶你去少爺的房間！」徐衡的呼吸一下子變得明朗了。不給郁真反悔的時間，他匆忙繞道郁真身後，推著輪椅進入位於走廊盡頭的房間。

郁真沒想到謝羽笙的房間居然離他的只有幾步之遙。

他更沒想到，謝羽笙的房間布置得就像間病房，各種郁真不認識的醫療器械安插在他的床前床後，延伸出塑膠管，與他的身體相連。

昏睡在這些器械中的謝羽笙，看上去比郁真還要脆弱。

「少爺今天注射了過量的抑制劑，精神狀態不太好，所以睡前多服用了一些安眠藥。」徐衡解釋：「他現在睡得很沉，你可以靠近看看他。他不會醒的。」

似是要證明這點，徐衡推著郁真來到謝羽笙床邊。

隨即，郁真看到了他放在被子外的左手。啃咬過的手背纏上了一層繃帶，裸露在繃帶外的肌膚慘白、坑坑窪窪——謝羽笙的左手，從手指到手臂，但凡郁真能看到的肌膚上，全都是被撕裂的咬痕，被銳器劃開、刺穿的裂痕。

這和郁真記憶中的、屬於謝羽笙的手完全不一樣。

他記得謝羽笙的手掌很大，手指修長，骨節分明，是郁真見過的、最好看的手。

如果手是這樣的，那其他地方呢？

極力壓制的呼吸一下子就亂了。

郁真著急地站起來，側身坐到床上，掀開被子。

謝羽笙穿著款式與郁真相同的睡袍。解開束帶，拉開交領，郁真看到了一具布滿傷痕的身軀。沒有手部的傷痕那麼密集，但也足夠怵目驚心！

「怎、麼會這樣？他不是謝家的少爺嗎？為什麼……」

為什麼會受那麼多傷！

大腦嗡嗡作痛，郁真不敢相信自己看到的。

「郁真先生，你成為了Ω，應該很清楚，命運之番間是無法靠意志抗拒彼此的費洛蒙的。」

是的，費洛蒙把我變成了蕩婦，變成了會令我作嘔、只想快點死去的模樣。郁真在心中附和。

「你抗拒不了，少爺也抗拒不了……要知道，郁理先生還活著時，他能散發出的費洛蒙濃度，比你的要高出十倍。」

話語如鐵鎚般敲在了郁真頭上，敲懵了他。

這是郁真過去做縮頭烏龜時，一直逃避去想的事。

他啞然了好半天，才慌張地問：「他、他不是有抑制劑可以阻隔費洛蒙嗎？」

「常規的抑制劑，不能遏制命運之番間的費洛蒙。百分之九十八的匹配度不是說著玩的。更不要說郁家為了抓緊少爺費了多少心思。但是少爺想要知道你的下落，所以哪怕知道自己會被對方惡意散發出費洛蒙控制，他也只能去見郁理先生。為了不發情，不與郁理先生發生關係。這樣的日子持續了三年，直到我們研製出能完全抵禦費洛蒙的抑制劑。」

郁真無法想像，謝羽笙究竟是抱著怎樣的心情和覺悟去見郁理的。

只是想知道他在哪裡嗎？

郁家肯定不會告訴謝羽笙答案的。謝羽笙那麼聰明，為什麼會看不出郁家在利用他呢？

還是說，他看出來了，仍舊心甘情願地被利用？

可是他明明……明明丟下謝羽笙逃跑了。

毫不猶豫地、不聞不問地跑了。

負罪感在胸腔內翻騰著，攪得心臟隱隱抽痛。

為了不讓自己在著負罪感中昏厥，郁真不住地自我安慰：「還好只有三年，這些傷是那三年留下來的……沒錯。剩下的五年，謝羽笙有了抑制劑，再也不用通過自殘來抵禦費洛蒙了。痛苦的只有最初的三年。只有那三年！」

「很遺憾，我們研製的專屬抑制劑並不是完美無缺的。雖然它能控制住費洛蒙，不讓少爺因其失控，但卻是以損傷神經為代價。」

郁真不置信地扭頭看徐衡。

「服用抑制劑的第一年，少爺時常會作惡夢，讓他分不清哪是現實，哪是虛幻。他告訴我，他經常夢到你，說你在某個地方等他，他去那邊等了很久，等不到你，才知道是夢。」

「服用抑制劑的第二年，少爺開始失眠，他抗拒入睡，希望藉此保持清醒。這一年少爺做到了很多人做不到的事，但他的體檢結果出了問題。」

「服用抑制劑的第三年……少爺開始精神衰弱，伴隨嚴重的狂躁症。他說只有切開過去的傷口，才能讓他好受一些。傷口被割開太多次後，就無法再被修復了。」

「服用抑制劑的第四年，少爺一反常態地恢復了正常，也就是這一年，他化解了謝家對他的擔憂，開始接手家族事務。只有我知道這些都是假的。少爺依然狂躁，他通過自殘來緩解，只是把傷口轉移到了能用衣物遮蔽的地方。真正的檢查報告在列印出來前就會被銷毀，我親手為少爺寫了虛假的報告。」

「服用抑制劑的第五年，也就是今年，少爺……他不能再服藥了。他的體檢報告幾乎沒有正常項目，再這樣下去，至多一年，少爺就會崩潰。」

「不久前，少爺告訴我，他有了你的線索。他終於願意停止用藥，想要盡快好起來，然後去找你，和你重新開始。是的，哪怕過了八年，少爺他依然愛著你。但是我們誰都沒有料到，郁理先生會出車禍，郁家先一步帶走了你，把郁理先生的腺體移植到你身上，送到了少爺的面前……郁真先生，我知道從 β 被強制變成Ω，只能靠雌伏他人活下去讓你很痛苦。但是，少爺比你更痛苦。」

雙手不知道是在聽到哪一句時，徹底冰涼。

緊握的拳頭裡都是冷汗。

郁真心中冒出了一個糟糕的猜想。

這個猜想很快就得到了徐衡親口證實：

「移植後的腺體非常脆弱，它需要少爺的費洛蒙，又無法正常接收。正常狀態散發出來的費洛蒙於它而言太刺激了，會直接摧毀它，讓你有生命危險。少爺要你活下去，就只能繼續使用抑制劑，通過抑制劑壓抑住，成為仍有少許費洛蒙殘留的狀態，催生腺體盡快成長。後果就是，每次與你相見，都是少爺精神狀況最糟糕的時候。少爺根本不想用現在的樣子來面對你，他控制不了陷入暴虐狀態下的精神狀態，克制不了用惡言傷害你……但你就這麼毫無預兆地來了，你的身體沒有給他任何選擇。」

如果徐衡是在第一次檢查時告訴郁真，謝羽笙羞辱他、厭惡他的樣子，都是因為他生病了，神經常年紊亂，心底所有的負面情感都被擴大到了他無法控制的地步，郁真肯定不會相信。

可是現在的郁真見識過謝羽笙沒有遏制費洛蒙時的樣子，他也深刻體會過了謝羽笙費洛蒙全開後的痛苦。

正如徐衡說的，謝羽笙的費洛蒙對他有致命的危險。

即便如此，謝羽笙仍然保護了郁真。他的暴虐全施加在了自己身上，通過注射更多抑制劑，讓自己痛苦到昏迷，來防止費洛蒙擴散，避免傷害到郁真……

郁真扶著床後退了一步，跌坐回輪椅上。

沒有什麼比「謝羽笙還愛著他」，比郁真所能想像到的還要愛他」，更讓郁真不知所措。

他推著輪椅，彷彿身後有洪水猛獸一般往外逃。「告訴我這些，你是想讓我離開他嗎？」

「不。恰恰相反。」徐衡追上郁真，著急地解釋：「我希望你能留在少爺身邊。」

輪椅骨碌骨碌地滾過靜謐的走廊，隱隱約約的，郁真總覺得還能聽到醫療儀器運作的聲響從身後襲來，陪伴著回到他的房間前。

「如果你還是 β，少爺喜歡你，對他的確只有壞處。因為無論他有多喜歡你，喜歡到為你躲過了郁理先生，你們的人生裡還會遇到下個郁理先生，下下個郁理先生……也許匹配度不像第一個那麼高，但 α 的身體註定無法抗拒 Ω 的費洛蒙，少爺最終還是會為了你走上注射抑制劑，為抑制劑、為你瘋狂的路。你就是少爺無解的病因。」

「但是現在不一樣了，你擁有和少爺匹配度最高的腺體。儘管眼前，為了脆弱的移植腺體，少爺的病情會加重，但只要它能在你身體裡健康發育，讓你成為真正的Ω，你的費洛蒙就能安撫少爺的精神，幫助他慢慢恢復正常……少爺是不會像抗拒郁理先生那樣抗拒你的。你們結成番，少爺就不會再被其他Ω左右。你會成為少爺唯一的解藥……只有你活下去，少爺才能得救。」

「你說……我成為Ω後，可以幫助謝羽笙恢復正常？」推動輪椅的手停了下來，郁真抬頭問道。

「千真萬確，郁真先生。」徐衡頷首。

「謝羽笙知道這件事嗎？」

「當然，郁真先生。這是Ω和α間的常識。」

「不、我的意思是，謝羽笙……不讓我死，是因為知道我能救他嗎？」頭緒實在太亂了，話沒過腦就脫口而出。

話音落下，郁真和徐衡都愣住了。

這話無疑是在反駁，謝羽笙的犧牲都是為了自己，與愛、與郁真無關。一句沒過腦的話，將郁真善於逃避的本能全盤暴露了出來。

郁真隨後紅了臉。

兩人沉默了半晌，郁真才聽到徐衡的嘆息。

「我很抱歉，郁真先生。我承認你是無辜的。你不想成為Ω，或許也不想和少爺在一起。你有你的生存之道，我無權評價，更沒有資格讓你原諒給予你痛苦的少爺。違背少爺的命令也要告訴你這些，僅僅是我一廂情願，以為少爺終於等到了自己想要的命運。但少爺說得對，是我逾越了。郁真先生，請您忘了我說過的話吧。」

關於謝羽笙的話題，就此戛然而止。

徐衡送郁真回到房間，神色自然地叮囑了幾句關於腿的話後，就提起醫療箱轉身離開。彷彿他們一直都待在這個房間裡，從給郁真看完腿到現在，期間什麼都沒有發生。

只是郁真的臉全程都紅得彷彿要滴血。

徐衡肯定看到了，他只是不去理會。

就像他說的，他無權評價郁真的想法，一切都是他逾越了。

他給了郁真臺階，郁真只要順著走下來，就可以繼續心安理得地活下去，或者沒心沒肺地去尋死。

如同過去的每一次。

但是這次，見過謝羽笙掩藏起的祕密，再剖開自己卑劣的心思，兩者疊加在一起，郁真感覺自己被不行了。

心臟怦怦狂跳著，敲打著彷彿有如頑石的堅固胸膛。

他知道。

他一直都知道，他心裡只有自己的感受。

努力沒有得到好結果，那就不再努力，自怨自艾地說著努力沒有用。

感到痛苦了，就選擇逃避，哪怕知道痛苦會被轉移到唯一喜歡自己的人身上。

害怕不被誰喜歡的結果，便是誰也不再相信，固執地覺得誰都會變心，會厭惡自己。

這是他這些年的生存方式，是他難以被改變的，軟弱又自私的靈魂。

就連只和他說過兩次的徐衡都看了出來，更何況是謝羽笙。

如果謝羽笙討厭他，而他的身體只有依靠謝羽笙才能活下去，無論給郁真重來多少次，他都會選擇以死逃避。

但如果謝羽笙不討厭他呢？

如果謝羽笙至今……還喜歡著他呢？

徐衡的話在郁真心裡鑿開一個口子，讓郁真產生了這些日子不敢有的奢想。心臟狂亂地跳著，腦內擠滿謝羽笙的身影，現在的他、過去的他，全部都是他。

郁真越想就越難平靜。

意識一直清醒到快天亮，才帶著郁真沉入夢境。

郁真又一次夢到了少年時期的謝羽笙，他還沒有長高，更沒有分化成 α，乍一眼看去，就像個可愛的娃娃。

這會兒，他坐在露天長椅上，周遭的場景明晃晃的，像是加了一層柔光，郁真認不出是什麼地方。

郁真等著記憶中的自己和謝羽笙說話，但是四周靜悄悄的，他遲遲沒有開口。

少年謝羽笙眨眨眼睛。「小真，你怎麼光看著我不說話呀？」

「我……」郁真很詫異，他居然發出了聲音。

少年謝羽笙看著他，眼底帶著溫柔的笑意，安靜地等待他繼續往下說。

以前郁真習以為常的目光，此時此刻卻最讓他心酸。

呼吸不自覺地顫抖了起來，郁真咬住下唇，幾度想要忍住和對方訴說的欲望，但他失敗了。

與少年謝羽笙對視著，郁真忍不住問：「我想問你一個問題。」

而後，他得到了對方更燦爛的笑容。「什麼問題？你問吧，只要我知道一定告訴你！」

「你……喜歡我嗎？」

「當然啊！我最喜歡小真了！」

「那如果，我是說如果，未來我沒有成為Ω，並且離開了你呢？你會怎麼做？」

「當然是去找你啊。雖然我希望你成為Ω，但如果你分化成了β或者α，也沒關係。小真還是小真啊。」少年謝羽笙笑著，想當然耳地回答。

郁真追問：「那如果我不想讓你找到呢？」

「我做了對不起小真的事嗎？」少年謝羽笙歪頭。

「你沒有錯，做錯事的人是我。」郁真慌張地低下頭，不敢去看對方。「是我自做主張逃跑了，而且在之後的很多年裡也不跟你聯絡……我想要忘掉你。」

謝羽笙沉默了幾秒，說：「那我大概會等吧。」

「等？」

「如果你不想見我的話，我貿然跑去見你，你肯定還會繼續逃跑的。所以，我應該會選擇等你想明白了，回來找我吧？」

「如果我想不明白呢？我就這麼渾渾噩噩地一直逃下去呢？」

「小真，你問了好多問題哦！」

「……抱歉，但我有太多想知道的了。這是最後一個問題了！如果我一直逃下去，我下定決心這輩子都不再見你，那你會怎麼做？」

「那到時我會來找你的。」

對方的回答太令郁真震驚了。

他情不自禁地抬起了頭，隨即看到了不知何時湊近到他面前的少年謝羽笙。近到他能看到倒映在謝羽笙眼中的自己——竟是零亂著頭髮，垂下雙眼，臉上刻著陰鬱黑眼圈和憔悴面色的、二十六歲的郁真。

剎那間，羞愧、無措、不安……一堆糟糕的情緒爬上大腦。少年時期的謝羽笙實在太溫柔了，郁真不想讓他看到現在這副狼狽的模樣。

料到郁真又想低下頭，少年謝羽笙雙手捧住了他的臉頰。「等待是有時限的，小真。我會等你想明白，但如果你遲遲想不明白，那我會去找你。」

「可我也說了，我會繼續逃——」

「我說的是，我不會貿然跑去找你，小真。」少年謝羽笙打斷了郁真。「如果我等不到你，又知道去找你你會跑，我當然會在等待的日子裡，把所有我能想到的後路都給堵死。然後再去找你。」

對方又一次擁抱住了郁真。

身高差的關係，少年謝羽笙能夠很輕鬆地將臉貼到郁真的頸部。他的後頸彷彿被毒蛇一般的視線鎖定住了。

「我不會讓小真離開我的。」

「……」

「現在不會，以後更不會。」

「……」

「如果你不在我身邊了，我會很難過的……我不希望小真難過，但我希望小真也能在意一點我的感受。」

「……」

「所以答應我，無論發生了什麼，都不要離開我，好嗎？」

「……」

「相信我，小真。就算你是β，就算你這輩子都聞不到我的費洛蒙、不能成為我的命運之番，你也是我謝羽笙選擇的戀人。相信我，不要折磨我。」迴盪在耳畔的青澀聲音逐漸變得低沉，堅定中透出了幾分惶恐。

入眼的場景不知何時轉為了黑夜，兩個人站在了郁家附近的小巷裡。

巷子外熙熙攘攘，盡顯商業區的繁華；巷子裡黑漆漆的，郁真看不到謝羽笙的神情。

他只能感覺到對方正用盡全力擁抱住他。

謝羽笙的呼吸微微顫抖著。「我從來沒有對你說過什麼任性的話。就這一次，郁真。答應我。」

這是八年前，謝羽笙對郁真說的最後一句話。他從來都不叫郁真全名，因為郁真說他不喜歡家裡，所以他細心的只叫他「小真」。

但是那次，他叫了郁真全名。

聰明如他，是不可能察覺不到郁真想要逃跑的心思的。他害怕了，也就顧不得那份溫柔了。

謝羽笙亟需郁真的承諾，需要郁真堅定地告訴他「我們會在一起的」。

但郁真說不出這句話。

因為他跑了，跑了整整八年。

現在的他只能回抱住謝羽笙，一遍又一遍地懺悔：「……對不起。對不起，謝羽笙，對不起……我太軟弱了。對不起……」

對不起，我不該逃跑的。

對不起，我該相信你的。

對不起，對不起，對不起……

郁真從未如此後悔，後悔自己當初做出的決定。

這份後悔一直持續到夢境終結，郁真醒來。

躺在床上，郁真睜著一雙盈滿淚花的眼睛，清晰地想起了那天自己給予謝羽笙的回覆——他既沒有做出承諾，也沒有表達歉意，他只是在謝羽笙的懷裡，一邊自私地沉浸在自己的痛苦裡，一邊敷衍地「嗯」了一聲。

他沒有把謝羽笙的話放進心裡。

酸澀湧上頭頂，牽著臉頰的神經，讓郁真忍不住抿緊了雙唇。眼眶中的淚花就這麼沿著眼角落了下來。

為什麼我以前能那麼狠心呢？

為什麼我明知道被忽視有多痛苦，卻依然這麼對待謝羽笙呢？

為什麼他為了我做了那麼多，我卻一點都不願意相信他呢？

夢境將郁真心底渴望的、愧疚的全都糅雜在了一起，攤開來放在他的面前，試著讓他去面對。

儘管情緒與心跳還混亂不已，但郁真卻感到了從未有過的清醒。

他越發迫切地想要見到謝羽笙——已經二十五歲，不會再叫他「小真」、對他說「喜歡」的謝羽笙。

他想竭盡全力地靠近他，靠近這段被他親手推開的距離。

或許是感受到了郁真的期待，第二天，郁真剛吃完傭人送來的早餐，還沒到發情時間，謝羽笙就推開房門，走進了房間。

他帶來兩個箱子。

一個箱子裡面放著金屬束縛器。分化為Ω，但還沒有和 α 結番的人會使用類似的東西，主要是為了保護後頸。郁真曾在街上見人佩戴過。

另一個箱子裡面放著一排藥劑，構造和謝羽笙注射的抑制劑很像。

「郁真，既然你那麼喜歡自做主張，那這次我就把選擇權交給你吧。」謝羽笙坐到沙發上，視線越過茶几上的兩個箱子，看向坐在陽臺門口的郁真。「左邊的箱子裡，是被改造過的 Ω 束縛器。鑰匙只有一把，一旦戴上，就只有我能打開。離開我設置的距離範圍，或者強行破壞它，它都會啟動懲罰模式，掐緊佩戴者的咽喉，同樣只有我能解除懲罰。你的手術傷口基本已經復原，可以佩戴束縛器了。選擇它，我會為你戴上它，和之前一樣，不斷地進入你的身體、灌入我的精液和費洛蒙，直至腺體發育成熟，到時我會打開束縛器，第一時間標記你，讓你徹徹底底地成為我的所有物，為我所用。」

「右邊的箱子裡，是提煉了我的費洛蒙，根據腺體生長的週期和需求特別調配的藥物，對身體幾乎沒有傷害。從你來的那天，我就在尋人研製了。恰好在今天完成。」謝羽笙勾脣輕笑一聲：「藥總會有副作用，我不知道它的副作用是什麼，但肯定不致死。如果你選擇它，我會送你離開這個地方。你就用它度過腺體生長期吧。未來你要成為誰的番，和誰在一起，都和我謝羽笙無關。我們從此不會再見。」

神色懨懨地說完，謝羽笙低頭看向手錶。「過不了多久，你就又要發情了。在發情前做出決定吧，郁真。」

「為什麼……」郁真聽到了自己乾澀的聲音，隱隱顫抖著：「給我這兩個、選擇？」

謝羽笙冷笑。「徐衡不是全都告訴你了嗎？」

郁真錯愕地睜大眼睛。「你怎麼知道？」

「知道的管道有很多。比如說，我的房間、房間外的走廊、你的房間，裡面有監控。這些監控原本只是我為了瞭解自己失控時的樣子而布置的。呵，結果起了其他的作用。」

「……」

「既然你都知道了，趁我現在足夠理智，我們就把話都敞開說吧，郁真。」

靠在沙發上，謝羽笙換了個舒服的坐姿。「我快瘋了，這不是誇張的話。但我不會說，我是因你而瘋的。你更不必為此負責，或者有一絲一毫的負罪感。畢竟這都是我當初決意要做的選擇。選擇喜歡你，選擇和自己身為 α 的身體作對，選擇接受郁家送來的你，放縱瘋狂來占有你。我自食惡果，我都認。但只有一件事，我不能認。」

「什麼事……」

「我為你做的所有選擇，與愛無關，只是為了自己能活下去——郁真，無論你找多少理由佐證我的所作所為，這我都不能認。一旦我認了這些，那麼從前的我、這些年的所有堅持，就會全部變成笑話，變成我不能接受的結果。」

「……」

「所以，我把選擇給你。」

是了……謝羽笙看了監控，知道了他和徐衡的談話，怎麼會不知道郁真最後說的話呢？

旁觀者徐衡都接受不了的話，當事人當然更接受不了。

「你說，你當初做的這些，都是因為喜歡我。那麼現在呢，你……還喜歡我嗎？」深吸一口氣，郁真斟酌著問道。話音傳入耳中，郁真才發現他的聲音在顫抖。

「這很重要嗎？你以前根本不在乎。」

「我現在在乎了。」極力挺直腰板，逼迫自己不要膽怯地與謝羽笙對視。郁真這才注意到，謝羽笙看上去很糟糕。

濃郁的疲憊和死氣籠罩著他，彷彿會在眨眼間化灰消散。面對這樣的謝羽笙，郁真忽然有了刨根問柢的勇氣：「請你回答我的問題。」

「回答？呵，回答就是，我早就不喜歡你了，郁真。」謝羽笙垂眸，揚起一絲若有似無的冷笑。「大家都是成年人了，你別總被人一兩句話就騙得團團轉，把喜歡或不喜歡掛在嘴上。」

「那你為什麼要給我這兩個選擇？」郁真著急追問。

「你就當我不想鬧出人命吧。」

「徐衡說，郁家把我交給你時，給了免責的承諾書。我就算死了，也賴不得你。你為什麼不想鬧出人命？」

「……以前怎麼沒發現你還有這般伶牙俐齒的時候？」

「你討厭我，為什麼還要放我走？」郁真不接謝羽笙的話，硬著頭皮繼續追問。他感覺自己就要抓到謝羽笙藏在無神雙眼裡的東西了。「昨天你抓我回來時，說的分明是絕對不許我離開你。」

謝羽笙又笑了，笑聲充滿了不屑和嘲諷。

過去聽到這笑聲，郁真一定會羞愧地退縮。可是此刻，混沌的大腦終於正常運作了起來，郁真注意到謝羽笙藉著笑，側開了頭，不再與自己對視。

「氣頭上的話怎麼能當真呢？」

「我尋死，你為什麼要生氣？」

「都說了我不想鬧出人命！你聽不懂人話嗎！」像被踩到尾巴的貓，謝羽笙拔高了音量：「我厭惡你，想要折磨你，所以哪怕你被移植的腺體還有其他治療手段，我也不告訴你，騙你主動搖著屁股讓我上你，就是想看你犯賤，看你痛苦！但你現在連死都不怕了，我折磨你還有什麼意思！」

看似合情合理的回答，只要細思依然滿是漏洞。

郁真轉眸看向謝羽笙帶來的箱子。「那為什麼要給我 Ω 束縛器呢。束縛住一個不怕死的 Ω，又有什麼意思呢？」

「……」謝羽笙啞然。

郁真隨即得出結論：「謝羽笙，你喜歡我。因為你喜歡我，所以這八年再痛苦你都受著。因為你喜歡我，所以你收下了變成 Ω 的我。也正因為你喜歡我，所以你給了我離開或留下的選擇。」

愛與恨，只有一線之隔。

謝羽笙如今就站在這根線上，左右兩邊都是他的情感，因郁真而產生的情感。

在明白這些後，郁真也頓悟了「謝羽笙絕對不會承認還喜歡我」這件事。

如果說愛恨分別占據左右兩邊，那麼絕望就是下方的深淵。謝羽笙在兩邊痛苦掙扎，只是不想墜入絕望。

現在郁真逼迫他承認「喜歡」，等於是要把他從線上扯下來。

郁真無法向他證明，線下會是安全的路面。

在謝羽笙眼裡，郁真的存在就是絕望的本身，郁真要拽他一同墜入絕望。

於是，謝羽笙低頭，用弓起的五指蓋住眼睛。「呵、呵呵、哈哈……喜歡怎樣？討厭又怎樣？郁真啊，別再拖拖拉拉的……難道你想先被我操一頓，在箱子上射滿精液，把一切都弄得亂糟糟再做選擇嗎？」

「呃！」

「還是說，你想看我痛哭流涕地跪下來，抱著你的腳，懺悔自己這些天的所作所為，求你不要再離開我？求你能愛我？」

咄咄相逼的語氣伴著無形的壓迫力爬上郁真的脊梁，拘束住他的咽喉。

開始結痂的後頸隱隱作痛起來。郁真一下子就慌了。「我沒有、沒有要你求我……」

「那你問這些做什麼呢，郁真？」混沌的雙目透過指縫，直擊郁真，彷彿看穿了他所有心思。「難道我的回答，能改變你的選擇嗎？」

「……」

「啊對了，我忘了。你是個善於找藉口的人。如果你做了選擇，未來後悔了，大可說是因為我影響了你的選擇。」

「我沒有那麼想！就算……就算我以前的確找了很多藉口，但這次我沒有要拿你當藉口！」

「誰能想到以後呢？難道以前的你能想到自己有一天會變成Ω？」

「……」

「去看箱子吧。在你做出選擇前，我什麼都不會再說。」

「……」

話已至此，郁真就算想繼續厚著臉皮追問，也不會得到答案。

在心裡默念「不要著急」，郁真推動輪椅來到茶几對面。

金屬束縛器和費洛蒙藥劑，不用想，郁真也知道自己應該選哪個。

手指摩擦過滿滿一排費洛蒙藥劑，感受著玻璃試管下遊走的馥郁花香，感受著身後的視線從銳利到黯淡，郁真閉上眼睛。

我說不定也瘋了。

郁真摸著黑，拿起嵌在箱內的金屬束縛器，放到坐在對面的男人手裡。

「我承認，我是個軟弱又自私的人。過去的二十六年，我只考慮自己的感受。我改不了，這是我生存的本能。哪怕是現在，我也只能顧及自己的感受，謝羽笙。」

忍著腳踝的痛，郁真緩緩從輪椅上站起來。他拖著身體繞過茶几，在謝羽笙面前蹲下，向他露出貼著醫用膠布的後頸。

傷口上結的痂這些天脫落了七七八八，露出粉嫩的新肉。郁真透過廁所的鏡子看過一眼，傷疤就像隻帶斑點的肉蟲，令人反胃。

「我是個爛透了的 β，未來也註定會成為爛透了的 Ω，我無法保證自己不會再說出傷人的真心話，更無法保證我是適合你的 Ω。與其說我不相信你，不如說，我不相信自己。父親說我總是讓人失望。哪怕是你，也已經對我失望過一次了，未來或許還會有第二次。就像你說的，誰能想到以後呢？但是……」聲音不受控制地顫抖了一下，郁真忍耐湧上眼眶的酸澀，繼續說：「至少現在，我想試著努力一次。我想和你在一起。」

「……呵，努力之後，再說你做不到？」

「我……」

「別急著反駁，郁真。我早就知道你是什麼樣的人。你的哭是假的，喜歡是假的，承諾也是假的。我知道，這些都是你的手段。」謝羽笙一把撕去醫用膠布。膠布邊緣有黏性的部分拉扯過皮膚和汗毛，痛得郁真倒抽了一口冷氣。

隨後，謝羽笙打開金屬釦環，扶著郁真的臉頰，慢慢地把束縛器抵在頸部。「偏偏過去的我就是喜歡你的哭，你的喜歡，你的承諾，想要占為己有，變成屬於我的東西。所以我像個傻子，你要什麼，我就給你什麼。」

喀！

落下搭扣，伴著清脆的一聲「喀」，束縛器自動上鎖，取代醫用膠布，成為了郁真身體的一部分，捂住脆弱的腺體。

「但從今以後，只有我想要什麼，你就得給我什麼了。」

套著黑絲手套的食指捏住郁真的下巴，強迫他抬頭與自己對視。另一隻手落在了郁真的左眼球上，異物感刺得郁真忙閉上眼睛，眼淚隨即被擠出眼眶，在指腹表面化開一片。

謝羽笙粗魯地摩擦著郁真的眼瞼，蹂躪著皮膚下的左眼球，郁真能夠清楚的感覺到指腹的力量在不斷加重，重得彷彿要戳破眼球，擠壓出更多蘊藏其中的眼淚。

附著在指腹的布料被浸透，變得比眼眶還要溼潤。

「郁真，接下來不管你怎麼哭，怎麼求饒，怎麼反悔，都不行了。你被我抓到了。別忘了，這是你自願的。」

是的，我是自願的。

忍耐著謝羽笙施予的疼痛，郁真默默地想道。

我不會再想死，更不會逃跑。

這次換我努力靠近你。

我想聽你親口說出你還喜歡我。

第七話

喜歡

為郁真戴上Ω束縛器後，謝羽笙沉默地站了起來。不給蹲在他身下的郁真任何反應的時間，謝羽笙抓著束縛器的邊緣，就像拉扯戴著項圈的寵物一般，將郁真拖到床上。

瘸了條腿的郁真根本站不穩。他踉蹌地走了幾步，大腦剛接收到從腳踝處傳來的刺痛，身體便砸進了鬆軟的被窩中。

「你現在可以開始發情了。」冷淡地命令完，謝羽笙壓到郁真身上，面無表情地拆開他的腰帶。

睡袍如禮物盒一般敞開，袒露出了纖細白皙的身軀。乳尖暴露在空氣中，敏感地挺立了起來，彷彿雪原上醒目的兩點紅花。

紅酒味從這「雪原」中擴散，慢慢探入空氣，鑽進呼吸，郁真聽到了一聲若有似無的輕笑，而後他的腿被架了起來。

冰冷的食指整根探入後穴，激得郁真下意識地收緊了身體，內壁一下子夾緊了手指。

啪！

另一隻手應聲落在臀瓣上。「放鬆點！」

「唔……」郁真看不到屁股，但他能感覺火辣辣的痛感正在臀瓣散開，大腦立刻發燙，連帶著後穴內部也變得火熱，不消片刻，就焐熱了手指。

「呵，這不是很能吃嗎？」擠壓著手指的力量撤去，謝羽笙冷笑一聲，弓起手指擴開穴口，隨後放入第二根手指。

每天都在被注入費洛蒙的後穴其實並不需要怎麼擴張，就能輕鬆容納下手指，甚至直接「吃」下謝羽笙的性器也沒有問題——郁真害羞地瞇起眼睛，或許是放下了心結，他忽然注意到了之前完全沒有留意的一個細節：

每次做愛前，謝羽笙總會冷著臉嘲諷郁真，但是操弄他的動作卻從來都不粗暴。尤其是進入郁真後穴前，他總會先用手指幫他擴張。

哪怕是之前因為徐衡而動怒，將他按在陽臺上做愛的那次，他也先用手指觸碰了後穴……

謝羽笙是怕弄傷他嗎？

郁真被這想法驚到了。

他用餘光瞥了眼對方被束縛在西裝褲內的性器，鼓鼓地頂著本該合身的褲頭。郁真知道它勃起後的尺寸有多壯觀，這會兒被拘束在褲中，怕不是快被擠壓得要爆炸了。

啪！

郁真紅著臉移開視線。「那個……你可以、直接……直接進來的。」

謝羽笙冷著臉又拍了下郁真的屁股。「手指已經滿足不了你了？」

「不、不是……」

郁真覺得自己可能是瘋了。

但身體在感到羞恥前先行動了起來——郁真向謝羽笙伸出手，確定手夠不著他的褲鍊，沒法幫他釋放出性器後，就轉而雙手抱住兩條腿。

十指掐入大腿根部柔軟的肌膚，穴口受到外力拉伸，不再禁錮住探入穴內的兩根手指。「進、進來吧……真的，沒問題的……」

吐落到身上的呼吸驀然停滯，無神的瞳不禁放大，隨眼光微微顫動。「果然只要操多了，良民也能變成蕩婦呢。」

謝羽笙說著，抽出手，釋放出自己的性器，在郁真的注視下，捅入他親自拉扯開的後穴中。

「呃唔……」身體被撞得往後仰，雙手沒抱住腿，受傷的腳踝順勢落下，砸在了謝羽笙的肩膀上——骨頭和骨頭相撞，郁真痛得瞬間飆淚。

下一秒，謝羽笙握住了郁真的左腳踝。

五指隔著繃帶摸索過骨骼，像是在確認腳踝有沒有再錯位。郁真倒抽了一口氣，來不及睜眼去看謝羽笙在做什麼，謝羽笙就抬起腰，同時架高郁真的雙腿。郁真感覺自己的下半身被提了起來，後穴幾乎朝上空敞開，緊接著，性器由上至下狠狠墜下！

「啊啊——」這姿勢，讓郁真有種性器彷彿要從他後穴一直頂入他咽喉的錯覺，他失神地尖叫出聲。

「怎麼樣，是不是進到更深的地方了？」不給郁真任何適應的時間，手掌握住纖細的腰，不讓它落下來，謝羽笙加快了進出的速度。

龜頭反覆撞擊著還未發育完成的生殖腔，進出的柱身攪著腸液，「啵啾啵啾」地不停作響，在穴口攪出細密的白沫。

「嗯唔……好、好深、啊啊……頂到了，生殖、生殖腔，嗚嗚……」郁真覺得自己就像浸在海中的浮標，隨波浪不停地上下蕩漾。

每每理智恍惚之時，他都在渴望謝羽笙將他捅穿，快把生殖腔撞開。

性器隨抽插之勢在郁真的頭上方不停搖擺。在這密集的操弄下，伴著腦內一道白光閃過，性器朝下射了出來，逕直噴到郁真臉上。

「……」被自己顏射，郁真頓時懵了。

看著濺滿白濁的呆滯臉蛋，上方的人喉結不禁滾動了一下，隨後，更猛烈地攻勢襲來！

「啊啊、啊啊唔、唔唔……」身體撞擊著床面，臉上凝滿紅酒味的濁液跟著震盪晃得到處都是。「不、不……停、啊、停下來啊啊……」

才射完精的身體還沉浸在高潮的餘韻中，根本受不了這樣刺激的進攻，郁真只覺大腦充血，入眼的一切都套上了白晃晃的濾鏡，讓他看不真切。

癱軟的小肉棒又顫顫晃晃地硬了起來，彷彿又要射出來。

但郁真知道，現在他肯定射不出來了。他需要謝羽笙的費洛蒙，蘊藏在精液中的麝香百合。

郁真伸出手，落在兩人的交合處。「給、給我……唔、想要、哈啊……想要你的費洛蒙……」

郁真越說想要，謝羽笙就越不給他。

後庭穴口被反反覆覆地撞得發麻，為了緩解飢渴，郁真將僅存的力氣都轉移到了後穴，試著收縮肌肉，緊裹住性器，企圖榨出費洛蒙。

「唔！」謝羽笙差點就射了。

他氣急敗壞地拍了下郁真的屁股，直接抽出了肉棒。

後庭被完全撐開，如今冷不防地沒了肉棒填充，穴口來不及收縮，仍如嗷嗷待哺的嘴，朝天敞開著。

從謝羽笙的視角看去還能看到裡面櫻紅色的腸肉，他知道那裡有多灼熱，又有多柔軟。

沐浴在謝羽笙的目光下，郁真更覺空虛。顧不得廉恥，他爬起來坐到謝羽笙身上。

這些日子的做愛，讓郁真能很熟練地握住勃起的肉棒，再送回到身體裡。腳使不出勁，郁真沒法自食其力。盈著淚花的雙眼轉而向謝羽笙投去渴求。「給、給我……」

喉結隨吞嚥不住的滾動，謝羽笙按住郁真，抬起他手上的左腿，繼續操弄起來。

在郁真第二次射出來時，謝羽笙終於將蘊藏在精液中的費洛蒙灌入郁真的體內。

郁真滿足地閉上了眼睛。

以往「吃飽喝足」，郁真都會放縱自己立刻睡去，避免理智上線不知如何面對。

但是今天，不知怎麼的，郁真在睡去前短暫地清醒了一段時間——他能清楚地感知到外界，但就是睏得睜不開眼睛。

於是他聽到了謝羽笙的嘆息。

來自謝羽笙的目光強烈到無法忽視。他坐在床上，沉默地待了許久，才站起來，橫抱起郁真。

答、答、答……

腳步聲在踏入一個房間後產生了回音，郁真猜想謝羽笙是抱著他走進了浴室。

郁真以為他是性起了，想再來一次。但淅淅瀝瀝響起的水聲否決了他的猜測。似是擔心吵醒郁真，澆落在他身上的水溫潤又緩慢，就像羽毛輕拂過肌膚般，為他掃去身上的汙濁。

謝羽笙的動作很熟練，顯然不是第一次幫郁真洗澡。

郁真很想睜開眼睛，去看看此時幫他清洗身體的謝羽笙，看看他究竟是帶著怎樣的神情，才能如此溫柔地觸摸他，彷彿手中的是易碎的珍寶。

這和兩人做愛時的感覺完全不一樣。

可是睏意從眼部沿著他手指擦拭過的軌跡緩緩蔓延向全身，思緒如同落在了雲端，被雲朵包裹住，逐漸停止了思考。

謝羽笙身上究竟還有多少我不知道到細節呢？

徹底沉入夢鄉前，郁真恍惚地想道。

這一覺，郁真沒有作夢。

他很久沒有睡過這麼安穩平靜的覺了。

第二天醒來，郁真感到了前所未有的輕鬆。他剛想伸個懶腰，就看到了站在床邊的徐衡。

「你可以坐在沙發上等我起來的……久站對腿不好。」看著手拿體檢報告，對自己欲言又止的徐衡，郁真坐起來，試著用輕鬆的語氣和他搭話：「是報告出了什麼問題嗎？」

「報告沒有問題，你身體很健康。」醫生連忙將體檢報告送到郁真手裡，視線挪到郁真的腳。「就是你的左腳……咳，想要不留後遺症，得靜養一個月。」

「好的。」

「日常你和少爺做愛，小心些。」

郁真心虛地移開視線，臉漲得通紅。「知、知道了……」

見慣了郁真失魂落魄的模樣，郁真此刻這般乖巧又害羞的生動表情令徐衡感到陌生。他盯著郁真看了半晌，才謹慎地問：「你想開了嗎？我的意思是……你是自願戴上束縛器的嗎？」

郁真點點頭。「嗯，是自願的。謝謝你告訴我謝羽笙的心意，我會努力去珍惜的。」

「啊……那就好、那就好……你能想開就是最好的。」醫生摘下眼鏡，一邊用白衣擦拭鏡片，一邊連聲感嘆：「少爺心裡一定也是高興的。」

「醫生，今後能請你告訴我更多關於謝羽笙的祕密嗎？」趁著徐衡沉浸在感動中，郁真順勢拋出同盟的橄欖枝。「我太死腦筋了。有些事他不說，我真的猜不出來。我希望你能幫幫我。謝羽笙說你在謝家幹了十幾年，一定沒人比你更瞭解他。」

「哎、哎、這……這……」醫生露出一絲為難。他戴上眼鏡，有些緊張地看了眼房門口。

看來，之前謝羽笙站在門口敲打徐衡的事給他留下了不可磨滅的陰影。

在確定房門緊閉，一時半會兒沒人會進來後，醫生才靠近郁真，用只有郁真一個人能聽清的聲音說：「你脖子上的束縛器，少爺本來打算等你的傷口完全結痂才拿出來。他怕用早了，捂著後頸，傷口好不了。」

郁真配合著他說悄悄話的樣子，低聲問：「那他怎麼現在拿出來了？我脖子後面的痂還沒掉乾淨呢。」

「海灘那天，少爺差點就咬了你。他嚇壞了，醒來後就叫人拿出來要給你戴。」

「……」

「實際上這個束縛器用了能透氣的特殊材質，不僅不會阻礙你的腺體生長，還能防止少爺失控咬傷腺體，是很安全的防護用具。少爺完全是多慮了。你安心戴著，我保證沒問題。」

想著謝羽笙還真瞞著自己很多事，郁真又問：「那提煉了謝羽笙費洛蒙的藥劑呢？也是早有準備的嗎？」

「是的。少爺不確定自己能否時刻能保持清醒，尤其是到了易感期，以少爺的精神狀態，是絕對不可能待在你身邊的。」徐衡搖頭嘆氣。「考慮到你的腺體不能停止攝入費洛蒙，這些日子，少爺和你分開後，都在配合我們製作藥劑。」

「用了那個試劑，我就真的不需要再和謝羽笙做、做愛了嗎？」郁真紅著臉問。

「理論上是這樣的。但……是藥三分毒，用多了，難免會有點副作用。只要你在少爺身邊，不到迫不得已，他不會讓你用藥的。」

謝羽笙藏在衣服、手套裡的傷，全都是副作用留下的。沒有人比他更瞭解「副作用」是多可怕的存在。

若不是郁真尋死，氣急了謝羽笙，他不會在這時候把這兩樣東西拿出來吧？

如果郁真選擇了藥劑，也許謝羽笙就會徹底對他心死了。

不再在意了，也就不會心疼郁真以後是否會有災痛了。

至於束縛器……束縛住的，究竟是郁真，還是謝羽笙呢？

一顆心似軟糖般化開，滲出了酸澀的內餡。郁真情不自禁地按住了心口，想要阻止酸澀蔓延。

見郁真陷入沉思，徐衡識趣地退到門口。「那麼今天的檢查就到這了。我走了，郁真先生。」

「等一下，醫生！」郁真急忙喊住他。

「還有什麼事嗎？」

「我……那個……可以請你帶我離開房間嗎？」郁真問。

怕對方誤會，他又急忙補充：「我就是想出去走走，也想看些書，瞭解更多α和Ω的事。」

「只要你不做危險的事，你可以隨意在島上逛。」郁真積極的態度令徐衡欣喜，他比劃著說：「少爺怕你悶久了再想不開，以後都不會再鎖著你了。但不要跑太遠，免得少爺擔心。」

「好、好的。」

「至於生理知識……一樓有閱讀室，裡面應該可以找到相關的書。不過只有少爺手上有鑰匙。」醫生想說，我可以幫你向少爺申請鑰匙。

結果郁真先一步開口：「那我去問他吧。你知道謝羽笙現在在哪裡嗎？」

徐衡低頭看了眼手錶。「少爺現在應該在一樓餐廳用餐。你的午餐不久後就會送過來……」

「送到餐廳吧。我去餐廳，和謝羽笙一起吃。順便找他拿閱讀室的鑰匙。」

郁真撐著身體離開床，蹺著腳，跳到輪椅和拐杖前。「用拐杖下樓是不是更方便？」

「不行啊！你這腿還是靜養幾天再用拐杖吧。」徐衡打開輪椅，示意郁真坐下來。「二樓有電梯，坐輪椅也方便。」

電梯位於走廊角落。

郁真注意到，電梯只有1和2兩個按鈕，說明這幢別墅只有兩層樓。

郁真從來沒見過有人會在只有兩層樓的房子安裝電梯。

注意到他眼中流露的詫異，徐衡解釋：「老實說，我之前也覺得在兩層樓間安裝電梯的行為有點多餘。平日裡沒有重物需要搬到二樓，說是為了防止年紀大了爬樓不便，別墅的整體裝潢又缺乏無障礙設計。」

電梯門緩緩合上，郁真感受到了箱體下沉的壓迫感。

「不過你來了之後，平日裡餐車要上下樓，它倒是派上了大用。」

叮。

不過一句話的時間，電梯門就又打開了。

郁真來不及琢磨徐衡的話，就被他推著走出電梯。

電梯外是一條很長的走廊，眺望遠方，郁真遠遠地看到了門和庭院。

隨後，他困惑地眯起眼睛。「醫生，我的房間下面是大門出口嗎？」

從光照的角度來看，郁真的房間是朝南的，但前方大門和庭院卻位處於東邊。郁真不敢問徐衡有沒有看到他們那天在陽臺縱慾，只能試探著問大門的方位。

徐衡皺眉。「你的房間下面是客廳，沒有對外的門。」

郁真隨後也皺起了眉。「那你每天幫我檢查完身體，都是從大門離開嗎？」

「離開？我不用離開，我就住在別墅裡。一樓有個員工專用的區域，醫護人員和傭人都住在那裡。你和少爺的身體隨時都會有異狀，我們得隨叫隨到。」

「……這是謝羽笙規定的？」

「當然。」

一個完全超出郁真預料的回答。

原本讓郁真難堪的事情，隨之有了全新的解釋——難道謝羽笙是吃醋了，導致精神更加紊亂，才氣急敗壞地抓著他到陽臺上和自己做愛，騙他會被徐衡看到？

但樓下根本沒有出口。

誰都不會從那出來，看到兩人淫亂的模樣！

「……」

郁真被這猜想驚得說不出來。

徐衡不知道郁真為什麼突然問門的方向，但他不會好奇多問。

他推著郁真的輪椅，繼續往餐廳的方向走。

不一會兒，郁真就看到了坐在餐桌主位的謝羽笙。他正安靜地吃著午餐，聽到徐衡站在餐廳門口敲門，他沒有放下餐具，更沒抬頭。「什麼事？」

「郁真先生說想和你一起用餐。」

「什麼？」醫生只用一句話就破了謝羽笙的冷靜。

他匆忙抬起了頭。

與謝羽笙對上視線，郁真緊張地抓緊了衣袖。

謝羽笙顯然沒有料到郁真會過來。

斂下詫異，謝羽笙瞇起眼睛。

決定出門前，郁真就做好了承受謝羽笙羞辱的心理準備，但這不代表他能不在意其他人聽到那些話後看待他的眼光。

勇氣和臉皮不是一晚就能鍛鍊出來的。

將郁真緊張的模樣看入眼底，謝羽笙弓起食指，輕敲了兩下身側的桌面。「坐吧。」

徐衡想推郁真過去，但他還沒踏出一步，就收到了謝羽笙警告的目光，搭在輪椅上的手隨之放了下來。

「瘸了條腿都能走到海裡，我這兒的路是比海遠呢，還是比海灘難走？」

郁真咬緊牙關，扶著輪椅站起來，拖著一條腿，走到謝羽笙身旁的座位，坐下。

他剛入座，傭人就動作俐落地放上了他的午餐。

無須謝羽笙再下什麼吩咐，傭人和徐衡悄悄退下，轉眼間餐廳裡只剩下他和謝羽笙兩個人。

謝羽笙的午餐是牛排，郁真的身體吃不了那麼油膩的東西，平日裡的食物都是特製粥食。以前郁真精神狀態渾渾噩噩的，吃飯只是為了緩解飢餓，從沒有留意過味道。

直到今天他才注意到，每天喝的粥都是被精心燉煮的，意外的鮮美。吃飯的速度不自覺地快了起來。

等他回過神時，杓子裡乾乾淨淨的，碗已見底。

抬頭再看謝羽笙，他還在慢條斯理地切著牛排，慢慢咀嚼。無論是坐姿還是吃食，都符合人們對「優雅」的定義。

察覺到郁真的目光，謝羽笙沒有抬頭，只是轉眸向郁真的座位方向開口：

「我勸你放棄吧。」

郁真一愣。「放棄什麼？」

「不會給你餐刀自殺的。這裡沒有你想死能用的工具。」

「……我沒想自殺。」

「哦？」謝羽笙挑眉。「那就是決定縱慾，換個地方做愛？」

「……我也沒有想、想要縱慾。」臉色登時轉紅，郁真慌張地抓住衣襟。「我只是想和你一起用餐。然後、然後我想去閱讀室看些書，你能借我鑰匙嗎？」

「閱讀室裡沒有教你怎麼自殺的書。」

「……我只是想要一些可以瞭解 α 和 Ω 生理的書。」

「學明白之後，想利用費洛蒙控制我？」

「……」

郁真目前能夠確定的事：這幾年，謝羽笙的抬槓能力提升了不少。他的每一句話都能精準地堵住郁真，讓他想要大喊「我沒有」！

郁真不想像之前那樣躲避謝羽笙故意伸向他的刺，也不想放縱情感去做無異議的辯解。

這只會把過去那個會溫柔對待他、對他說喜歡的謝羽笙推得更遠。

所以郁真抬頭看著謝羽笙，豁出去地喊：「我喜歡你，謝羽笙。」

叮！

餐刀敲在盤上，發出突兀又清脆的敲擊聲。

對注重用餐禮儀的謝羽笙來說，這顯然是受到了極大的驚嚇才會做出的失態之舉——

哪怕他此時面色如常，表情完美得如同雕塑。

「你喜歡我？就為了閱讀室的鑰匙，什麼話都敢說了？」

「你可以不給我鑰匙。我說喜歡你，和這件事沒有關係。」

「那和什麼有關係？」謝羽笙放下刀叉，用混沌的雙眸與郁真對視。藍色的眼睛如同深淵，彷彿能將郁真的靈魂吸進去。「你還想要什麼？」

郁真舔舔下唇，試探地說：「我想要重新靠近你……想要你也說喜歡我。」

謝羽笙冷笑。「沒睡醒嗎？」

「我很清醒，知道自己在說什麼。」

「但你可能還沒搞明白，我們現在的關係。」謝羽笙抬手，指腹落在郁真頸部的束縛器上。「戴上這個，不代表你是我的 Ω。你只是我的所有物，就像是一隻狗、一個玩具，一個能用項圈套住的任何玩意兒。未來我會標記你，但標記不等於結番。它只是讓你不能離開我。畢竟只要 α 想，他可以標記無數個 Ω。」

無情的話語一股腦地砸向郁真。

郁真的內心卻意外地平靜。

謝羽笙是故意想要激怒我，讓我羞愧地逃跑吧？郁真暗暗地想道。於是他回答：「你說得對，我不瞭解我們現在的關係。標記和結番的差異？α 能標記多少 Ω？被標記的 Ω 能否安撫 α？我全都不瞭解。」

「那就不要說什麼喜歡不喜——」

「以前我是 β，我不知道這些理所當然。」郁真咬字清晰地打斷謝羽笙。「現在我是 Ω，這事已無法改變，那麼我就需要去瞭解，並接受 Ω 這個身分。我希望你可以給我閱讀室的鑰匙，讓我借閱相關的書。」

「你不需要知道這些。」謝羽笙想都不想地拒絕了郁真，語氣低沉得彷彿暴雨前的陰霾天。

郁真硬著頭皮追問：「為什麼？你害怕我知道更多 Ω 相關的事後，會想再逃離你嗎？」

「激將法對我沒用。我為什麼要讓一條戴著項圈的『狗』看書？」

「那如果我這條狗能取悅你呢？」

郁真撐著桌面站起來。不等謝羽笙反應過來，就將身體的重心轉移至謝羽笙——手掌推著謝羽笙的肩膀，讓他靠到椅背上。身體和餐桌間留出空間，郁真抬起受傷的左腿，跨坐到了他身上。

我應該是瘋了。

郁真第二次如此想道。

他解開謝羽笙的褲子，熟練地釋放出性器，雙手握住。「不想借我，你現在就推開我。」

「……」

「既然不推開我，我就當你接受這個交易了。」

「……等你真的能取悅我了，再說吧。」

第八話

祕密

於是，郁真「辛勞」了半小時，終於取悅了謝羽笙。

「餐廳出去左轉，沿長廊一直走，盡頭就是閱讀室。」謝羽笙在郁真清醒時，總是頑固地扮演著絕情的形象。

這次也不例外。

將閱讀室大門的感應卡和面紙全丟到剛高潮完、還在恍惚喘息的郁真身上，他拉上褲子拉鍊，拔腿走人。

將「拔屌無情」演繹得唯妙唯肖。

但是郁真不會再因他表演出的樣子傷心了。

他猜想，謝羽笙可能是不希望他太累，所以射得比平時都快，並且他沒有直接在郁真的後穴裡射精，畢竟郁真尚未發情，並不需要精液裡的費洛蒙安撫。

這樣，他跑了，郁真也不會為清理身體而傷透腦筋。

擦掉身上沾染的精液，郁真重新繫好睡袍帶子，坐回到輪椅上。

郁真很慶幸自己摔傷了腿，醫生給他配了輪椅。這會兒，他熟練地操控輪椅，依照謝羽笙離開前的指示，來到閱讀室的門口。

最初，郁真以為閱讀室大概就和書房差不多大，雖有書架放置謝羽笙喜歡的書，但更多的內容需要用電腦檢索。

但推開閱讀室的門，郁真卻看到了超出他想像的壯觀規模——這根本就是個私人圖書館！

一樓和二樓的空間被打通，整個空間至少有五、六公尺高，頂部被做成了網格型的天窗，自然光透過玻璃投射進屋內，帶來溫暖又明亮的採光效果。

但視覺上最讓郁真感到震撼的，是十幾排有序地排列在屋內的木製書架。放眼望去，入眼的全是書，令人眼花繚亂，一時間竟不知自己該看什麼。

正對門的窗戶被做成了可以打開的落地窗，提供更多角度的光源，同時也讓人可以在看書之餘，透過窗戶眺望窗外的花園。

辦公桌椅、電腦和可供休息用的雙人沙發被安置在窗前，搭配鬆軟的地毯和純色抱枕，給人安逸感。看著皺在沙發上的舊毛毯，郁真竟想像到了謝羽笙躺在沙發上看書的模樣。

以前，謝羽笙總到花房陪郁真。郁真不想說話時，他就窩在藤椅裡，蓋著毯子看書。

謝羽笙不是園藝社的成員，但花房裡卻有一條他的專屬毯子，是謝羽笙反覆暗示郁真自己的生日快到了，然後從郁真那收到的生日禮物。

郁真記得當時謝羽笙發出了很傻的笑聲，以至於郁真全程都在震驚「謝羽笙居然會露出這麼古怪的笑聲」，一點都沒留意他之後紅著臉說了什麼。

因為花房是郁真最常去的地方，也是兩人平日裡唯一能碰面聊天的地方，謝羽笙就把毯子放在了花房。有時他會帶回家清洗，但下次來時，他一定會把毛毯再帶過來。

再看沙發上的毛毯花紋，竟與郁真記憶中的有幾分相似……只是眼前的毛毯洗得快發白了，幾乎看不出花紋細節，毛毯的邊緣還散成了流蘇狀。

「……」手落在毛毯上，感受著時間在表面抹去的痕跡，郁真覺得胸口像是被什麼壓住了，令他呼吸不暢。

沒有什麼比「親眼見到謝羽笙還在意著自己的證據」，要更讓郁真難過了。害怕自己會陷入「如果當初我沒有逃跑，一切會怎樣」的假設裡，又變成自怨自艾的烏龜，郁真操控輪椅，扭頭前往書架區域。

書本根據書目類別進行了分類標註，郁真轉了一圈，發現涉及 α、β 和 Ω 相關用詞的書籍，都被收藏在了靠近角落的生理區。

郁真一眼就看到了教學使用的生理書籍，它們被放置在較高的地方。書脊看著比旁邊的藏書要舊一些，應該是被翻閱了很多次。他扶著書架，踮起右腳，伸手勾了幾次才拿到手。

熟悉的封面上寫著謝羽笙的名字。因為這是學生分化後才會發的書，那個時期的謝羽笙已經完全褪去了稚氣，連字跡也變得剛勁有力。

坐回到輪椅上，郁真翻開書，挑著目錄上的關鍵字翻閱起來。

教學用的書，主要是向剛分化出第二性別的學生科普相關知識，以及注意事項。

例如費洛蒙是 α 和 Ω 獨有的，他們靠費洛蒙互相吸引，而費洛蒙的氣味與家庭遺傳、個人成長、身體狀況等多個方面有關，目前的醫療科技沒有辦法讓人在分化時百分百地獲得自己想要的氣味。

而腺體是身體產生、分泌費洛蒙的器官，位於後頸處，連接著腦神經。想要通過移植腺體，改變自己的第二性徵，是十分危險的行為。

書上特地用加粗的大字嚴肅警告，目前的醫療技術同樣無法達到理想的移植效果，早期嘗試移植手術的人，活了下來的，均成了終生只能注射抑制劑的病人——他們的大腦喪失了對費洛蒙的感知，但身體依然會渴求獲得費洛蒙，一旦他們進入發情週期，就只能無休止地發情，卻始終得不到真正的滿足，直至最終性慾成癮。

郁真記得，某一天的檢查報告上有提及要小心「性慾成癮」這件事。之前郁真只覺得羞恥，卻沒料到，這竟是一句如此可怕的警告。

郁真深吸幾口氣，穩住怦怦亂跳的心臟，才繼續往下翻書。

書上說，發情期是 Ω 獨有的生理週期，根據每個 Ω 的體質，每年會有兩、三次，持續時間三到七天不等，這期間需要 α 的撫慰，沒有 α 的 Ω 則需要使用抑制劑來度過。

謝羽笙在「抑制劑」三個字上劃了刪除線，並寫道：那不就代表每年至少有兩次機會，我可以和小真獨處三天以上嗎？☺

筆記末尾，謝羽笙還畫了個笑臉。傻憨憨的，可以看出他沒有什麼繪畫天賦。

手指磨蹭著笑臉，郁真忍不住彎起嘴角。

書上還說，抑制劑基本對人體基本無害，但如果長期克制性慾，無法抒發費洛蒙，也會誘導自身的發情期次數增加，造成惡性循環。對Ω來說，最好的辦法依然是找到α伴侶，並與之結番。

這裡，筆者又一次用加粗的大號字提醒，結番和標記是完全兩件事。標記是單方面的控制行為。

即在Ω發情期時，α將費洛蒙注入Ω的腺體中，讓Ω從此只能聞到該α的費洛蒙，只為他發情。

或者在α的易感期時，Ω打開生殖腔，讓α進入到身體中，記住自己的費洛蒙。那麼該α從此的易感期就只有該Ω的身體和費洛蒙能夠撫慰。

而結番，需要α和Ω精神相通，一同進入發情期和易感期，繼而完成以上的步驟。

如此之後，兩者將會互相需要，只有該 α 能撫慰發情期的 Ω，也只有該 Ω 能夠撫慰易感期的 α。

「易感期……」郁真倒回到目錄，找到易感期的字眼，再找過去。

關於易感期的描述很簡短：

這是 α 特有的一種生理週期，等同於 Ω 的發情期。每年會有兩、三次，持續時間在三到七天不等，期間 α 會變得格外暴躁、缺乏安全感，需要 Ω 的撫慰。

若要避免與 Ω 性交，同樣可以通過使用抑制劑來壓制。但請注意，若身邊有匹配度超過百分之九十五的 Ω，抑制劑是無法阻斷易感期的。

郁真在易感期的週期描述那裡，看到了謝羽笙畫的第二個笑臉。他大概是在想，又多了好幾天能和郁真獨處吧？

以前的謝羽笙的心思其實很好猜，圍繞著郁真來展開就行了。現在的謝羽笙彆扭了很多，但過濾掉他故意展現出的刻薄，他依然全心全意地圍繞著郁真打轉。

他考慮到易感期時不能陪在郁真身邊，所以特地去研究費洛蒙試劑。

但那個時候，他才是最難受的人。

「……」郁真抿緊嘴，繼續往下翻。

教科書很薄，郁真挑著想知道的幾個關鍵字看了一遍，很快就翻到了底。期間他還看到了好幾處謝羽笙的筆記，全都是他基於「如果郁真變成了Ω」為前提而展開的妄想。

特別是在生殖腔那一頁，謝羽笙在想要男孩還是女孩、想要幾個孩子、第一個孩子是跟自己姓還是跟郁真姓……在這些問題上，和自己吵了起來。

課本的空白地方都變成了他糾結的自言自語。

手落在腹部，郁真覺得有趣的同時，又感到了一絲苦澀。

課本的最後一頁是白紙，插在封面折頁裡。

抽出這頁紙，郁真在紙的背面看到了謝羽笙寫的一長段話，一筆一畫寫得格外認真：

【我希望小真能成為我的Ω。

這是我能想到的，對我來說最好的結局。

但我知道，第二性徵與家族基因有關，小真有很大的概率會成為β。

也許他這輩子都不會看到這本書。

也許這才是一件好事。

無論是身體還是社會境遇，都註定了Ω的未來會很辛苦。

小真很在意他人的想法，如果他成了Ω，成了我的Ω，他一定會遭受到比現在更多的非議。

他們會說是他勾引了我，因為α無法抵抗Ω的吸引。

如果小真是β，到時別人會怎麼說呢？

——謝羽笙瘋了，竟然死纏爛打著沒有費洛蒙的β！

糟糕，越寫越覺得這真是一件好事。

如果真有這麼一天，我要把他們說我的壞話都保存下來給小真看。

讓他心疼我，再親親我，抱抱我！】

嚴肅的話題，寫到最後又變得歡快了起來，郁真不知道是該說謝羽笙心態真好，還是年輕時腦子裡只有戀愛廢料。

而這段內容，也和謝羽笙看到郁真的分化報告後的反應對上了。

他不是為了安慰郁真，才勉強想出「β更好」的說辭。他是早就做好了「郁真會成為β」的準備，甚至把其中的利害都考慮了進去。

看到這裡，郁真突然很想再見到謝羽笙——哪怕不久前他們才極其親密地抱在一起。

他想和謝羽笙坐在一起看一會兒書，不用交談，也不用有什麼目的，就像過去在花房那樣，只是一起荒度時間。

郁真不知道，他還有沒有機會在今後的日子裡實現這個願望。

正惆悵著，推門聲截斷了郁真的思路。

循聲望去，郁真看到謝羽笙氣喘吁吁地站在門口。

視線匆忙掃過閱讀室的每個角落，不出三秒，他就捕捉到了身處角落裡的郁真。

看到郁真手裡拿的書，謝羽笙眉心的「川」字皺得更深了。

他三步並作兩步走到郁真跟前，一把抽走他手中的書。「閱讀室裡有一些我個人的機密文件，我不放心放著讓你隨便進來。你先出去。」

謝羽笙不看郁真，右手指著大門方向，示意他立刻離開。

被人下驅逐令，郁真多少有些尷尬，但注意到謝羽笙把拿著課本的手背到身後，尷尬又轉為了恍然大悟。

這裡不是謝羽笙生活了二十幾年的家。

這裡是他從荒蕪建立起來的小島，所有的東西，都是根據需求，從內陸特地海運過來的。課本基本都會在畢業後被閒置或丟棄，除非有特別的紀念意義，才會放進藏書裡，再一起被運送到新家。

包括那條用了至少十年、破到誰見了都會說「換條新的吧」的毛毯。

這些都是謝羽笙還喜歡著郁真的證據。

他沒想到郁真今天會離開房間，找他借閱讀室的鑰匙，自然也就沒想到要收拾。

「謝羽笙，我看到了毛毯還有你的課本，你是不是……」

「不是！」不等郁真說完，謝羽笙就沉聲否認。

傭人緊接其後握住了輪椅。「先生，我帶你出去！」

「不行！」郁真掙扎著要從輪椅上下來，但傭人的力氣出奇地大，他一手按住郁真的肩膀，一手推著輪椅，小跑出閱讀室。

砰！

房門應聲合上，將郁真和謝羽笙阻隔在兩邊。

郁真推開傭人，忙拿出門卡刷房門開關。

「對不起，您沒有許可權。」系統音冰冷地宣告。

謝羽笙居然先一步取消了這張門卡的許可權！

震驚和挫敗感籠罩住郁真，讓他再一次清晰地感受到，謝羽笙在自己的真心面前豎了一道不允許郁真踏入的牆。

不用想也知道，下次如果他還能去閱讀室，屋裡那些與過去有關的東西，都會被謝羽笙清理乾淨。

「但有一就有二，這個島上一定還藏著其他謝羽笙來不及藏起來，或者根本藏不了的證據！」被傭人推回房間後，郁真坐在輪椅上，一邊來回亂轉，一邊自我安慰。

他想到了閱讀室落地窗外的花園。

直覺告訴他，那裡一定還有什麼令人懷念的東西。而花園離閱讀室最近，等謝羽笙忙完了，他肯定也會去那兒，把不想讓郁真看到的東西帶走。

「我得抓緊時間再去看！」郁真得出結論。

他咬牙從輪椅上站起來，一瘸一拐地走到床邊。

今早郁真還答應了醫生，過幾天再換用拐杖，想不到他那麼快就失言了。

想著下次見面，一定要好好和徐衡道歉，郁真拄著拐杖就往房間外走。

或許是擔心郁真再去閱讀室，謝羽笙讓傭人守在電梯口。如果郁真還用輪椅，沒有電梯，他肯定是下不了樓的。

郁真越發覺得改用拐杖是個明智之舉。

他繞道去走樓梯。通往一樓的階梯出奇地長，階梯表面貼著大理石，光潔得令郁真心裡發怵。

郁真使出吃奶的勁，才勉強控制住金屬拐杖，讓它穩穩地落在臺階上，不發出一丁點聲響。期間他總怕有路過的傭人發現他，或者拐杖打滑。

爬完這一層樓，郁真感覺自己就像是又經歷了一場性愛，喘得上氣不接下氣，額前、後背都是汗，就連沒受傷的右腿也隱隱脹痛了起來。

然而樓裡有監控，用不了多久，謝羽笙就會發現他跑了出來。郁真不敢在樓梯口過多停留，只能拖著疲憊的身體，往外快走。

一樓的長廊連接著庭院，推開門，盛夏的熱浪就攜著聒譟的蟬鳴撲面而來，陽光刺得郁真有些睜不開眼。

郁真憑藉著自己還不算差的空間感，很快就找到了閱讀室的外部區域。遠遠地朝落地窗望去，郁真看到了在屋內找書的謝羽笙。暗自慶幸他還沒有收到自己已經跑出房間的通知。

郁真扭頭往花園方向走。

花園裡，最先入眼的是成片的玫瑰花叢，它們形成了天然的牆壁，將花園分割成迷宮一般的格局。

郁真張望著拐了幾個彎，就基本確定，這個花園的布局和他記憶中謝家的花園是一樣的。

謝羽笙曾說過，他對種花沒有興趣，在遇到郁真之前，他半點也不樂意去花園玩，覺得那裡又晒又無聊。生日宴會那天，他只是忽然興起，想找個地方避開大人，就去了花園。

結果就是這一時起興，讓謝羽笙遇到了郁真。

郁真也一時腦熱地和謝羽笙說了很多嫉妒弟弟的話，儘管他沒有指名道姓。生怕事後被謝羽笙要脅，郁真故意給了他假的聯絡方式。

發現查無此人時，謝羽笙說，那時的他很沮喪。

他想過可以找父親索要賓客的聯絡方式，畢竟帶孩子來的大人就沒幾個，用不了幾分鐘就能鎖定郁真的身分。但猜想郁真給自己假的聯絡方式，可能就是不希望謝羽笙再聯絡自己，他又打消了調查賓客的念頭。

兩人的第二次相遇是在學校的花房。

據謝羽笙描述，雖然打消了找郁真的念頭，但每次看到花園，他總會想到縮在角落哭的郁真。某天社團活動時，謝羽笙偶然聽到學校有座花房，就又一次臨時起意，去了離社團很遠的花房。

而後，他見到了正在擦花房玻璃的郁真。

「一次相遇可能是偶然，但兩次，就一定是必然！我和小真就是命中註定的！」打那以後，謝羽笙就如此堅信著。「以後我也要做個愛花的人！在我和小真的家裡也種上很多的花！」

離開謝羽笙後，郁真把他當初說的約定全都拋到了腦後。

卻沒想到，謝羽笙仍然實現了承諾。

他把家裡的花園直接複刻到了這裡。

那學校的花房呢？

抱著猜測，郁真繼續往前走。很快，他得到了答案：

謝家花園的中心區域是涼亭，據說那裡經常舉辦下午茶。但這座花園的中心，卻是玻璃花房。

推開門，花房內恆溫的空氣隨即包裹住郁真。郁真忍不住愜意地長舒一口氣，然後走進花房細瞧。

裡面的布局和植物類型都是郁真熟悉的。

起先郁真以為這又是謝羽笙模仿來的產物，直到他看到放在角落裡的一把藤椅——園藝社的椅子，據說是初代社長親手製作的，每個成員都會在椅子上挑個位置寫下自己的名字，以作留念。

郁真也不例外。

謝羽笙不是園藝社的成員，按理說，他是沒資格在藤椅上寫名字的。但園藝社到了郁真那屆實在是太冷清了，學長學姊畢業後，只剩下郁真。他既是社長又是成員。

於是仗著沒人管，謝羽笙大搖大擺地在郁真的筆跡旁邊簽下自己的大名，還畫了個愛心，塗成了實心的。

時隔八年，郁真都記不起園藝社成員的名字了。但他記得他和謝羽笙在藤椅上留下的印記。就在椅背靠左的位置。

那時，謝羽笙簽完名後還很得意地說，坐下後，如果靠著椅背，他們的簽名就正好貼著心臟的位置。

於是，謝羽笙天天霸占著這把藤椅，一副要用身體守護簽名的樣子。

手指摸索著所謂「貼心的簽名」，郁真產生了更多的幻想：花房裡會不會還有其他他們過去一起使用的東西？

循著這個思路，郁真瞇起眼睛細細尋找。

很快，他發現自己完全低估了謝羽笙的能力！

他不是把他們過去留在花房的東西帶了過來，他是把整座學校花房直接鏟走，安置在了這裡！

過去郁真每天都要打掃花房，他知道玻璃牆壁上有幾處劃傷和汙垢是怎麼也擦不掉、修不平的。而這些痕跡，全都在這兒被展現了出來。

還有工具架和放在上面的工具，郁真剛入社時總害怕自己記錯工具的用途或者忘了栽培步驟，他就按照社長留下的教程，用數字標註了工具的使用次序。現在架子上的工具還保留著郁真的筆跡。只是年代太久了，大多工具表面都褪了色。

「先生，少爺說您該回去了。」傭人推著輪椅，站在了花房的門口。

他顯然是受謝羽笙命令過來抓郁真回去的。

郁真很想讓傭人把謝羽笙找來，他想再和他當面對峙。

但以謝羽笙現在的強脾氣，就算郁真指著滿屋的證據，他也不會承認一句，就像不久前在閱讀室那樣。

郁真放棄了。

能再見到過去的點點滴滴，感受到謝羽笙是真的還喜歡著他，他就已經很知足了。

於是郁真一手拖著藤椅，一手拄著拐杖，踉踉蹌蹌地走到輪椅前，坐下。

「帶我回去吧。」

「您這是……」

「我的房間裡缺把椅子，我覺得這個挺好的。」生怕傭人會搶走，郁真改用兩手抱住藤椅。「謝羽笙不會連把椅子都捨不得給吧？」

「……」

傭人為難地向後望。

循著傭人的視線，郁真看到了站在十幾公尺外花叢裡的謝羽笙。他沉著臉，無神的雙眼直勾勾地盯著郁真，似是要將他看穿。

郁真嚥了口唾沫，鼓起勇氣與他相望，用眼神告訴他「我今天一定要帶走這把藤椅」。

或許是衡量了過來爭奪藤椅可能會帶來的麻煩，謝羽笙最終敗下陣來。面對轉身離開的主人，傭人只好任由郁真抱著藤椅回房間。

謝羽笙幫郁真準備的是套房，家具齊全。

郁真覺得床頭可以再放把椅子。這樣以後徐衡等他醒來，就不用再站著了。但郁真不敢把藤椅放在床頭給徐衡坐。

初次見面，徐衡只是鼓勵了他一句話，謝羽笙就吃醋到亂搞了一通，如果郁真把謝羽笙過去最愛坐的椅子讓給徐衡坐……郁真擔心他的屁股會開花。

思來想去，最後他讓傭人把陽臺上的躺椅挪到了床邊，再把藤椅放在了陽臺。

這樣徐衡以後不用再站著，藤椅也獲得了一席之地！

郁真覺得自己做了一個絕妙的安排。

但是第二天，當謝羽笙看到兩把椅子的擺放位置後，他只是冷笑一聲，就按著郁真在床邊的椅子上來了一發。

兩人的精液淋在躺椅上，留下斑駁的印記和令人羞恥的腥臭味。郁真哪敢再讓誰坐？只能默許謝羽笙扔掉了躺椅。

徐衡不知道床邊曾有一把留給他的椅子。他有話要叮囑郁真時，依然是站著等他醒來。

……謝羽笙真是比我想像得還要小心眼。

郁真得出結論，嘴角忍不住揚了起來。

第九話 情書

之後的幾天，郁真每天除了和謝羽笙沒羞沒臊地做愛、汲取費洛蒙外，都在試著接近和瞭解真正的謝羽笙。

只要謝羽笙去餐廳吃飯，郁真就會下樓去和他一起用餐。他本意是增加一些做愛之外的相處時間，兩人可以聊聊天，就像過去。

但謝羽笙恪守著「食不言」的原則，安安靜靜地吃飯，吃完就走，彷彿在餐桌上的郁真根本不存在。

期間郁真若是開口，謝羽笙就會輕敲桌子，喝令他：「要說話，就滾出去。」

他拜託徐衡畫了一張小島的簡易地圖，只要有體力，他就拄著拐杖到處走動，尋找其他謝羽笙帶來小島的祕密。

可惜，經歷過閱讀室和花房的突襲後，謝羽笙學聰明了。

他事先把小島各個角落都清查了一遍。等郁真找過去時，不是發現這兒少了個擺設，就是那兒被搬空。

像是花房，裡面的鮮花植物都被移植走，只留下空蕩蕩的玻璃架子，門口掛著「施工中」的牌子。

明明什麼都沒有看到、找到，但光是想到謝羽笙建設這裡時放了那麼多兩人的回憶、這裡就是他和謝羽笙的家，郁真就感到了一股難以形容的幸福。

同時滋生的，還有想要彌補謝羽笙的負罪感。

「醫生，你有追求人的技巧嗎？」郁真毫無頭緒，只能求助島上唯一的盟友。「謝羽笙對我的防備太重了，除了發情期外，他都不讓我接近他。」

「少爺當然難追啦，除了你，我就沒見誰追到過少爺。」世界第一「少爺吹」的徐衡驕傲地說道。

「現在我也追不到他了……你快幫我想想辦法！」

「辦法嘛……禮物、情話、陪伴，都是有效的辦法吧？」徐衡斟酌著說。

「島上的東西都是謝羽笙的，想買禮物，我沒錢也沒處發揮。」

「的確如此。」

「我和他表白，他又覺得我另有所圖。」

「這些年，少爺靠著這防範意識，解決不少想爬他床的人呢！」醫生拍起了手。

郁真很想讓他仔細說說，但徐衡能在他房間逗留的時間很有限，郁真怕話題跑偏不能及時拉回來，只能先按下不表。「至於陪伴，我們每天待在一起的時間夠久了。再親密的事也做過了……」

「少爺果真定力一絕！」

「……醫生。」

沐浴在郁真幽怨的目光下，徐衡清清嗓子：「或許，你可以試著抓住少爺的胃？」

「我做的飯，也就到能下嚥的程度吧。」

「那你會做什麼？」

「種花吧……但等我把花種出來，可能就到明年了。」郁真的技能點貧瘠到令徐衡瞠目結舌。

「……你們以前是怎麼相處的？」

「謝羽笙會主動來找我聊天……」

換而言之，郁真從沒在和謝羽笙相處這件事上用過心。

徐衡語塞了半晌才仰天感嘆：「人在做，天在看，老天有眼啊。」

「……」的確，郁真過去的渣男行為，都變成了現今的苦惱。

老天確實有眼。

最後，以徐衡單方面的投降，結束了兩人的話題。

事後郁真思考著徐衡的話，覺得「禮物、情話、陪伴」這三點，也不是完全沒辦法實行。

島上買不到禮物，但是島上有很多資源，可以製作成禮物。郁真學生時期的手工分數還挺高的。

情話當面說無法打動謝羽笙，那郁真可以用寫的。沒有人能抗拒情書，至少郁真很喜歡謝羽笙寫在書上的話。

可惜他都藏起來了。

而陪伴，等前兩樣起了效果，謝羽笙一定會願意給他更多時間的！

郁真做好打算後，正式開始了有計畫的追求。

他向傭人借了一把剪刀，用報紙裹著從花園裡精心挑選過的玫瑰，以每早一束的頻率放在謝羽笙房門口。他想謝羽笙打開門後，一定會看到花，再調出監控，就知道花是誰送的了。

郁真第一天送的花，謝羽笙沒有拿回房間。第二天，送花來的郁真看到了爛了滿地的花瓣，上面還留著鞋印。

平日裡一整天都沒有傭人值班的二樓，這時候恰好路過一名拿著掃把的傭人。他用棒讀的語氣向郁真解釋：「先生您好，請讓一下。少爺吩咐我把這裡的垃圾掃了。」

你少爺其實是吩咐你，等我來了再過來掃吧——郁真抿著嘴，用盡全身的克制力，才沒把這句話說出口。

郁真第二天送的花，謝羽笙直接帶回了郁真的房間，嘲諷正在發情的郁真是有多慾求不滿，才這麼處心積慮。

深知謝羽笙只是精神紊亂想發洩情緒，郁真既沒有辯解，也沒有急著表白，而是抱住他，表示自己喜歡花，明天他還會送的。

謝羽笙冷笑。「再送，我就把花插你肛門裡。」

你就會嘴上說……真會插，你現在就插了。

郁真在心裡反駁。他覺得這些日子，自己的膽子是越來越大了，已經能夠下意識地吐槽謝羽笙了。

可惜他還不敢說出口。生怕謝羽笙看到自己懷疑的表情，會下不來臺，郁真把臉埋進了對方的頸窩。

他發現自從自己戴上束縛器後，謝羽笙就總喜歡在做愛時貼著他的後頸，鼻尖幾乎要貼在束縛器上。

以前他很少那麼做。郁真猜想，應該是那時他的腺體沒有做任何防護，謝羽笙怕靠近了會忍不住一口咬上去。

嘴角不自覺地彎起，溢出的呻吟隨喘息吹拂在謝羽笙的耳垂上。

眼睛捕捉到一抹異常的緋紅，下一秒，郁真就被按倒在床上。謝羽笙背著燈光，居高臨下地睨著他。

昏暗的光線模糊了他的身影，郁真也就看不清對方的耳朵是否泛了紅。

郁真第三天送的花，只在門口停留了不到一小時就不見了。下樓吃午餐前，郁真發現花沒了，昨天的傭人又很湊巧地出現，用棒讀的語氣說：「少爺讓我把花丟了。」

你要掃花，叫我讓開，我可以理解。你丟了花，又特地跑過來告訴我一聲，這不就是此地無銀三百兩的行為嗎？

「你把花丟哪了？能告訴我嗎？」

「啊這……」沒想到郁真會追問，傭人支支吾吾了半天才說：「垃圾都被回收走了。」

當天，謝羽笙來找郁真時，臉色凝重得彷彿驟雨前的陰霾天。

就和郁真預料的那樣，他沒有把花帶來折騰郁真的後穴。進屋後的第一件事，他說著「我不想聽到你那難聽的呻吟」，用醫用膠布黏住了郁真的嘴。

你是不想聽到我問你為什麼沒帶花來吧。

看來謝羽笙已經意識到了郁真的膽大妄為。他只好阻止郁真繼續口出狂言。

這應該是郁真記憶中最安靜的一次做愛。

沒有自己的喘息聲混雜在其中，郁真清晰地聽到了謝羽笙的呼吸，原來意亂情迷時，他也會呼吸加快，也會低聲輕吟。

無法呼出回應，情慾全都集中到了郁真的下身。他勃起了三次，到最後都射不出來了，後穴還是死死地吮吸著謝羽笙的性器，染了緋紅色的肌膚上全是斑斑點點的精液。

「被貼著嘴、唔、就那麼興奮嗎？嗯？」是你的呻吟讓我興奮。

郁真瞇起眼睛，反正他說不出話，他心安理得地盯著謝羽笙，痴迷於他的喘息。

沐浴在郁真熾熱的視線下，謝羽笙暴躁地加快了抽插的速度。郁真看到了他額前密布的薄汗，順著身體的動勢，凝成小汗珠，沿著鬢角滑過紅通通的耳垂，落在郁真身上。

好想說喜歡他。

郁真沮喪地想著，然後反覆地安慰自己，不要著急，再堅持一陣。

第四天送花前，郁真詢問了每天都會來更新體檢報告的徐衡：「醫生，你昨天去過謝羽笙的房間嗎？屋裡有沒有花呀？」

「還真放了一束玫瑰。」醫生思索片刻後說：「放在床頭的玻璃花瓶裡。以前是沒有的。」

聽到這，郁真笑眯了眼睛。

所以是好好收下了，根本沒有丟掉嘛。

他覺得今天送花時，可以往裡面再偷偷加封情書。等謝羽笙拿回房間，解開花束時，一定會很驚喜的。

然而郁真從來沒有寫過情書。

面對從閱讀室裡順走的紙，郁真在落筆的第一步就犯了難。

情書的開頭該寫什麼？他該如何稱呼謝羽笙？像以前一樣叫他小笙嗎？

萬一他看到第一行就被刺激到了，撕了情書該怎麼辦？

一堆問題縈繞在腦中，直到腺體又開始慾求不滿，他也沒寫出一個字來。

而這天，謝羽笙來找郁真時看上去特別的暴躁。他什麼話都沒有說。郁真直接被他折騰得昏了過去。

等郁真醒來時，已經是晚上十點多了。

謝羽笙是因為沒有收到我的花而急躁嗎？

躺在床上，郁真大膽地猜測。

當晚，郁真趕在十二點前，拄著拐杖，拖著發軟的雙腿來到謝羽笙的房間門口，放上了本該一早就送來的花，和他憋了一天才寫出來的情書。

水準很一般，郁真躺在床上回憶自己寫的內容，感到一陣丟人。

晚上，他做了個和過去有關的夢。

夢裡，少年時期的謝羽笙送了郁真一封情書，跟巧克力放在一起。

「白色情人節時，小真你要給我回信哦！」謝羽笙期待地看著郁真，寶藍色的眼中彷彿盛滿了星星，亮晶晶的。

但郁真滿腦子想的都是：要命，這個巧克力一看就很甜……得配多苦的茶才能嚥下去！

沒錯。謝羽笙很喜歡甜點，越甜就越喜歡。這從他隨身攜帶奶糖就能看出來。

偏偏郁真不喜歡甜食。

每次謝羽笙塞甜食給他，郁真都很頭痛，不捨得丟掉又嚥不下去。他有一個專門的盒子存放不容易壞的糖果。但容易壞的蛋糕、巧克力等，他只能搭配清茶，慢慢吃掉。

夢裡的郁真苦惱著該如何解決巧克力，全然忽視了情書。

因此無論郁真僅存的意識有多抓耳撓腮地想知道謝羽笙在情書上寫了什麼，夢中的他都沒有拆開那封情書。

接下來的劇情，圍繞著郁真如何吃下那甜到發膩的巧克力展開。

只有手掌那麼大的巧克力，不知為什麼越吃越多，最後甚至變成了巧克力巨山，噴湧出的巧克力岩漿瞬間淹沒了來不及逃跑的郁真，給他淋了一層巧克力脆皮——以至於郁真睜開眼後，滿腦子想的還是「一定要離開巧克力」。

身體搶在理智上線之前跑出了房間。

下一秒，郁真和走到門口的謝羽笙撞了個正著。

抬起頭，郁真看到了謝羽笙來不及收起的笑容。

這笑容與和郁真夢中的、記憶中的面容幾乎重疊，除了眼前的謝羽笙不會因為高興而眼睛透出光彩。混沌無神的雙眸和眼下濃郁無比的黑眼圈，都為他的面色增加了幾分病態。

但即便如此，這笑容也是郁真來到這後，見到謝羽笙露出的最生動的表情。心跳驀然漏了一拍，歡喜與心疼在心中化開。

「你幹什麼？」謝羽笙秒沉下臉。

顯然，他沒有想在郁真面前笑。

不等郁真回答，謝羽笙拽住他的衣襟，大步流星地走回房間，將郁真扔到床上。「發著情卻往外跑，你想去勾引誰？」

啊……原來我發情了啊。

郁真躺在床上吸了吸鼻子，果然聞到了一股淡淡的紅酒味，和夢魘逼出的汗味混雜在一起。

放在半個月前，郁真一定會不知所措到面紅耳赤，唯唯諾諾地解釋「我沒有想要去勾引誰」，然後說一堆謝羽笙根本不想聽的話。

這些日子改被動為主動後，郁真逐漸鍛鍊出了厚臉皮。

他盯著身上的謝羽笙，毫不猶豫地回答：「我想去勾引你，因為你一直不來。」

「……」謝羽笙怔住了。

他壓著郁真沉默了兩秒，才冷笑道：「你最近的膽子是越來越大了。什麼事都敢做了？」

「對啊。我想追求你嘛。」郁真直球打回去。「你看了我昨晚放在你房間門口的情書嗎？我剛剛在門口看到你笑了。是我的情書讓你心情變好了嗎？」

「……不是。」謝羽笙的臉色更加陰沉了。

「你的黑眼圈比昨天更重了，是看了情書後沒睡好嗎？」郁真壓根不理會謝羽笙的否認。手指落在謝羽笙毫無防備的眼瞼上，或者是被指尖灼熱的溫度燙到，謝羽笙愣然地睜大了雙眼。

「莫非你一晚都沒睡嗎？」

「郁真，你那麼喜歡自作多情嗎！」聲音高八度地喝斥住郁真，謝羽笙握住他輕撫眼皮的手，粗魯地按在床頭。「區區一張夾在花裡的破紙，值得讓我失眠？呵，很遺憾，它現在應該和花一起躺在垃圾桶裡。」

「你不喜歡嗎？」郁真順著謝羽笙的話問。

「你送的我都不喜歡。」

「無論我送你什麼，你都會丟掉嗎？」

「沒錯。」

「那好吧……以後我不送你東西了。也不寫情書了。你別不開心。」

「……什麼？」

「我最近剪了太多玫瑰，再剪下去，花園就要禿了。你不喜歡，我就不送了。花還是長在花園裡比較好看。」郁真凝視著謝羽笙，眼中氤氳著情慾。「正好我也不擅長寫情書。」

「……」

這般乖巧而深情的模樣，彷彿是一團軟綿的雲朵，包裹住了謝羽笙滿身的尖刺，令他無處撒氣，進退不是。

下一秒，被堵塞住的戾氣轉化為稀薄的麝香百合味，直逼身下的郁真。日日發情的身體完全抵抗不了費洛蒙的誘惑，後穴汩汩湧出腸液，頃刻間就浸透了緊貼著私密處的內褲，兩股費洛蒙隨即糾纏在了一起。

還是小笙的費洛蒙更坦率一些。

郁真忍不住彎起嘴角，弓起腿，蹭了蹭謝羽笙的襠部。性器在睡褲裡支起了小帳篷，硬邦邦的抵著郁真的腳趾。

郁真感受到了透過布料的熾熱，情不自禁地舔了舔嘴角。

謝羽笙當即就意識到自己上當了。「一會兒有你哭的時候。」

「好啊。」腳趾勾住褲頭邊緣，大膽地往下一勾——尚未完全勃起的性器彈了出來，龜頭撞在了腳心，如同撞在了郁真的心尖，他忍不住輕吟了一聲。

理智在這呻吟下斷裂，謝羽笙拉扯開郁真的雙腿，看到了後穴口暈開的一片水漬，溼答答地吐露著渴望。

撥開內褲，露出飢渴的小穴，謝羽笙扶著性器，第一次沒有擴張，直接插入——

「啊啊……」龜頭重重地撞在肉壁上，彷彿要一擊撞開還未發育完全的生殖腺口。腦內彷彿有道白光劈過，郁真失聲尖叫，下意識地收緊後穴。

「唔！」性器被肉穴緊緊箍住，勃起與抽出都受到了阻力，謝羽笙蹙眉。性器在後庭內停了兩秒，他遲疑地拍了下郁真的屁股。「放鬆！」

痛覺帶來火辣辣的灼燒感，讓郁真感覺更熱了。

「在、在變大……唔、好脹！」手指描繪過腹部凸起的弧度，落在兩人相連的後穴處。

郁真不知道該怎麼放鬆，他只知道自己渴望更多像剛才那樣的入侵，所以他用手指拉扯開後庭。「再、再用力頂我……不是說要、唔、讓我哭嗎？」

「閉嘴！」慾望迷了兩人的眼，這時謝羽笙就算定力再好也做不到抽離性器，再從頭做擴張。

見郁真臉上只有慾望，沒有疼痛，他才收斂起擔憂，施力抽出半截性器，再放縱翻騰的暴戾，狠狠頂入。

「啊！」龜頭再次撞在生殖腔口。發育多時的生殖腔一日比一日敏感，又酥又麻又痛又隱隱搔癢的觸感在穴口激蕩。

郁真剛吸入一口氣，謝羽笙就又撞了上去。

「唔啊！」

在穴內勃起的肉棒如同失控了一般，淺出重入地猛攻起脆弱的生殖腔。後穴被撐得更開了，穴口的每一條褶子都被拉扯開，隨抽插翻出緋紅的嫩肉，帶來尖銳的痛感。

但疼痛在這一刻，卻令人上癮。

「啊、啊啊、唔哈……啊！」喘息在空氣中化開，加熱了室溫，燒得郁真頭腦發昏，眼眶裡全是被激出的生理性淚花。

再更用力地撬開我。

怦怦亂跳的心臟叫囂著。

把費洛蒙全灌進生殖腔裡。

自從打心底接受謝羽笙後，郁真就克制不住地期盼著生殖腔打開的那天——並不是他渴望和謝羽笙生孩子，他對孕育孩子依然毫無概念和想法。

他只是渴望著能夠被謝羽笙標記。

這些日子通過看書學習，郁真已經充分瞭解了Ω的身體，知道只有等他的生殖腔發育完成了，謝羽笙才能標記他，讓他成為他的。

也許只有到了那一天，謝羽笙才能安心，不用再擔心自己會欺騙他、離開他吧？

郁真看著在他身上馳騁的謝羽笙，情不自禁地伸出手，圈住了謝羽笙的脖子，讓他低下頭。「剛剛是、唔、騙你的。我、我還會……送你花和、和、情書……說、說我喜歡你。」

頂撞身體的力量忽然停滯住了，壓在身上的人沉默了片刻，才用比剛才更用力的撞擊和自暴自棄的語氣回應：「隨便你！反正、我都會丟掉的！」

「啊、啊啊……嗯！哈、好的……」身體隨謝羽笙的撞擊在床上起起伏伏地蕩，郁真的話也被撞得支離破碎。

謝羽笙不想聽郁真再說這些他不會坦率接受的話。

郁真也沒有力氣再撩撥謝羽笙。

他感覺對方為了讓自己閉嘴，讓自己如他所期望那般哭出來，簡直就像是打了興奮劑。

好多次郁真都覺得擋著謝羽笙進入更深處的阻力正在減少，他的生殖腔要被謝羽笙撞開了，可是直到郁真乾啞的嗓子再也發不出呻吟，滿臉都是斑駁的淚痕，滿身都是射出來的精液，性器疲軟得再也無法勃起了，生殖腔依然沒有打開。

謝羽笙放開了全身脫力如爛泥的郁真。

迷迷糊糊間，郁真被謝羽笙橫抱起來，帶進了浴室。

開了熱水的浴室要比臥室更悶熱一些。蒸騰的熱氣包裹著大腦，就像施加了魔法，讓郁真睡意更加濃烈，睏得睜不開眼睛。

輕柔地將郁真放進浴缸，謝羽笙打開蓮蓬頭。

郁真聽到了噴灑的水聲，但水沒有落在他身上。窸窸窣窣的脫衣聲混入水聲中，不一會兒，微涼的肌膚貼著郁真的後背，進入浴缸。

意識到自己醒著時從不脫衣的謝羽笙這會兒正赤裸地、從後面抱住自己，郁真的睫毛不禁輕顫了一下。

溫熱的流水隨後灑落在郁真身上。

結著薄繭的手指就著溫水，輕柔地抹去他體內體外的汙穢。指腹摩擦過肌膚帶來的觸感，是做愛時郁真體會不到的。

畢竟郁真醒著的時候，謝羽笙是絕對不會脫下手套的。

平日裡，郁真一做完愛就會立刻呼呼大睡。發情對體弱的Ω來說，實在是太消耗體力了，更何況他現在的體質比Ω還要差。

這會兒難得清醒著，還被對方肌膚相親地擁抱著，郁真很想睜開眼睛回抱住謝羽笙，向他吐露更多的「喜歡」。

直覺告訴他，現在或許是拉近兩人距離的小契機。

但是郁真還沒來得及戰勝睏意睜開眼睛，嘆息聲就隨著呼吸落在了他的肩頭。

「……該拿你怎麼辦才好啊，小真……」溼漉漉的手指落在了郁真的臉頰。

生怕被對方發現自己醒著就不繼續說話了，郁真急忙穩住呼吸，控制眼球不要亂動。哪怕聽到謝羽笙叫自己「小真」，就足以令郁真心跳加快到快要爆炸……

「你變得和以前完全不一樣了，我就像在作夢……唔，就像我已經瘋了，所以產生了幻覺……」溼漉漉的手指描繪著郁真的五官輪廓，從眼角到眉頭，再從鼻梁到脣間。最後，指腹抵在了兩脣間。

只要稍稍用力，手指就能探入溫暖的口腔。可是謝羽笙卻像觸碰到了洪水猛獸般猛地抽離了手。

「你說得對，看到你的情書，我沒睡，我不敢睡！如果我醒了……唔！如果醒來後，你給我的東西都沒有了，你還是討厭我，還是想要逃離我！我……該怎麼辦……」

「……」郁真沒想到，他一句無心戲弄，居然戳到了謝羽笙的痛處。

緊接著，他想到了徐衡曾說過的話：

「服用抑制劑的第一年，少爺時常會作惡夢，讓他分不清哪是現實，哪是虛幻。他告訴我，他經常夢到你，說你在某個地方等他，他去那邊等了很久，等不到你，才知道是夢。」

現在是謝羽笙服用抑制劑的第五年。

他的精神狀況只會更差。

他需要用極大的毅力，才能保持清醒接近郁真，才能不讓混亂的精神掌控身體，傷害對方脆弱的腺體。

而這份毅力，自然也就成了他的保護層、他的心牆。

要怎麼說、怎麼做，才是正確的方法呢？

郁真毫無頭緒。

但他知道，逃避不去面對謝羽笙的痛苦，放任自己繼續睡過去，絕對是錯誤的。

心中的那份直覺變得越來越強烈，強烈到身體比大腦先一步做出了動作——郁真僵硬地轉過身，將臉埋進謝羽笙布滿疤痕的胸口。

「呃！」男人的胸肌驟然緊繃起來。

生怕下一秒就會被推開，郁真使出吃奶的勁抱住他。「花是真的，情書是真的，我喜歡你也是真的！所有的一切都是真的，小笙，你沒有瘋，只是我清醒了！」

「……」緊貼著面部的胸膛隨呼吸輕顫，郁真聽到了混亂的心跳。「你、說謊……」

「我沒有說謊。」郁真斬釘截鐵地說。

「是假的。」

「是真的！不信你咬我，你看我痛不痛！」郁真睜開眼睛，把手送到謝羽笙嘴邊。「你不要咬自己。」

「郁真……」謝羽笙的話音沉了下來。

知道對方又要用尖銳的話語武裝自己，郁真撐著謝羽笙的肩膀，昂首起身，吻上對方的嘴。

「呃！」話還在嘴邊，謝羽笙來不及合攏雙唇，郁真的舌就探入他的口腔，生澀地勾住他的。

蓮蓬頭「啪答」落了下來，灑開的熱水卻遠遠沒有唾液和呼吸炙熱。

郁真完全沒有接吻的技巧。

過去他和謝羽笙戀愛時從沒有如此放肆地熱吻。短暫的唇瓣相貼就足以讓兩人心跳不已、面紅耳赤。

可是此時青澀的吻，是無法撬開謝羽笙的。

郁真竭盡全力地吮吸他。

他能感覺到身下的人越來越僵硬，手掌貼著的胸膛硬得他都按不下去了。與此同時，貼著私密處的膝蓋觸碰到了熟悉的硬挺。

「唔、小、小笙……」睫毛如蝶翅輕顫，郁真低聲呼喚：「我、唔……喜歡、喜歡……唔、你……啊！」

告白的話音剛落，舌尖就被雙齒狠狠咬住！郁真吃痛地睜開眼睛，視線順勢撞入近在咫尺的藍眸深淵中。

郁真彷彿看到了如烏雲般翻滾的狂暴，慾望化作閃爍出火花，一點點地映亮了謝羽笙的雙眼。

下一瞬，謝羽笙鬆開牙齒，抱住郁真的後腦杓，之前無論郁真如何挑弄都沒有反應的舌主動出擊，席捲住郁真！

「唔、唔唔！唔……」氧氣、唾液、靈魂，彷彿都要被對方吸食，舌尖在粗暴的掠奪下裂開了一道小口子，血腥味在兩人的唾液中化開，將謝羽笙拘束住的瘋狂徹底解放出來——

郁真被謝羽笙粗暴地推倒，後背「咚」地撞在浴缸底部，即便後腦杓墊著謝羽笙的手，腦殼仍被撞得生疼。

痛吟全被謝羽笙生吞，性器再一次釘入肉穴，用和親吻一樣的瘋狂抽打郁真。

「輕、啊唔、輕唔……一點唔！輕……」郁真竭力呼喚，只要雙脣稍稍脫離謝羽笙的掌控，他就會緊追過來，再一次堵住郁真的嘴，同時伴隨懲罰般的輕咬。

經歷過性事的後穴根本抵禦不住這般進攻，但是郁真什麼都射不出來了，勉強半勃起的性器隱隱作痛。

而更痛的，是後穴內正被謝羽笙進攻的生殖腔。

空氣中，原本被抑制劑制約、早就稀薄到快聞不到的費洛蒙再度變得濃烈。

啪！啪！啪！

淫液被攪成白沫，心臟狂跳不止，快到要從喉嚨蹦出來。可是口被堵住了，郁真張大嘴，也只能勉強吐露出稀薄的喘息。

就在他覺得自己快被謝羽笙吞噬殆盡時，劇烈的、像是什麼被撕裂的痛感直擊大腦！

雙瞳驟然放大，後穴內，阻礙性器貫穿郁真的阻力消失了，同時伴隨的滾燙熱液像失禁了一般，從裂開的更深處噴湧而出，澆在了性器上！

「唔！」掠奪著郁真的謝羽笙瞬間臉色煞白，無措在眼中一閃而過。

他一把推開郁真，抽出了險些就要闖入某處的性器。

熱液順著性器汩汩流淌而下，濃郁的紅酒味剎那間席捲、填滿整個浴室！

謝羽笙捂住嘴巴，斬斷兩舌尖間牽連的銀絲。

「小笙？」郁真困惑地看向謝羽笙。

視線相對，他們都頓悟了剛才發生了什麼——郁真的生殖腔打開了。

「我叫醫生來看你。」低啞的嗓音裡混入了無措，謝羽笙帶著一副快要吐出來的扭曲表情披上襯衣，轉身疾走，離開浴室，行色匆匆得彷彿郁真是什麼致命病毒，和他再多相處一秒，謝羽笙就會窒息而亡。

而後郁真聽到了臥室門被謝羽笙打開，又狠狠關上的聲響。

宛如砸向心口，一下就震醒了郁真。

他被謝羽笙拒絕了。

以前，郁真以為謝羽笙拒絕自己是因為無法占有他而患得患失。

現在，他只要抱住郁真，在他身體裡成結，就能標記郁真……

可是他卻逃跑了！

習慣了逃跑的郁真第一次體會到了「眼睜睜地看著喜歡的人逃走」的感受，無力、難過，讓他焦慮不安。

騙子。

明明說過，只要生殖腔發育完後就會標記我的。

郁真握緊拳頭。

浴室內還開著暖氣，身邊熱水嘩嘩流個不停，空氣都被蒸出了朦朧的水霧，可郁真的身體一陣陣地冒出冷汗，無處安置的雙手冰涼刺骨。

「沒關係的……只是太突然了……小笙只是嚇到了……沒關係的……」強忍住心底裡翻騰的複雜情緒，郁真拿起蓮蓬頭，從頭往下澆淋自己。

過了大約十來分鐘，凌亂匆忙的腳步聲闖入房間。

徐衡站在浴室門外，小心翼翼地詢問：「郁真先生，少爺讓我們來幫你做身體檢查……請問你洗好了嗎？」

郁真不想讓謝羽笙以外的人看到自己現在這般丟人的模樣。

他本能地想躲起來，可是他也知道自己沒資格任性。

反覆在心裡安慰自己要勇敢，要確保身體健康才能繼續攻略謝羽笙，郁真站起身，裹著大浴巾光腳走出浴室。

浴室外除了徐衡，還有上次幫郁真看腿接骨的男性 β 醫護人員。

不同於徐衡站在一旁拿著體檢報告，那名醫護人員從來都不說話，只是安靜地幫郁真抽血、打針，擺弄他們推進屋的古怪儀器。

醫護人員連著幫郁真打了兩針，見郁真露出困惑的表情，徐衡解釋：「他幫你注射的分別是營養針，和從少爺的腺體裡提煉出來的費洛蒙藥劑。之前你見過。你放心，是測試過多次，副作用幾乎可以忽視的最終版。」

郁真點點頭。

他不在意針劑的副作用。他只是在意謝羽笙授意醫生給自己注射費洛蒙的動機。

無外乎兩種可能：

一，他不想親自給現在的郁真費洛蒙。

二，他不能親自給現在的郁真費洛蒙。

郁真想到謝羽笙跑出去時面色慘白到快吐出來的樣子，小心翼翼地問：「謝羽笙……他還好嗎？」

「少爺沒事，他就是有些累了。可能要休息一陣才能來見你。」徐衡微笑著解釋。

郁真隱約總覺得醫生話裡藏話。抬眸看看屋內忙碌著的不熟悉的醫護人員，郁真決定等他走了，再向徐衡打聽。

但是他沒想到費洛蒙藥劑裡有催眠的成分。

針打下後沒幾分鐘，費洛蒙就被壓制住了，倦意轉而占據了意識。郁真連打了兩個哈欠，等他再回過神時，一天都被他睡去了大半。

怪不得給他注射費洛蒙藥劑時，還給他打了營養針……

接下來的晚餐郁真是在床上解決的。

雙腿比他剛摔傷時還要無力，腳底才剛觸碰到地面，腿就跟著發軟打顫起來。說不清是因為縱慾後的綿軟，還是費洛蒙藥劑自帶的可以忽略不計的副作用。

輪椅在郁真正式換用拐杖後就被徐衡拿走了，此時的郁真沒體力拄著拐杖下樓摘花。

但「還會送花」的承諾說出去了，如果沒有花，謝羽笙八成會誤解。

郁真坐在床上，面對好不容易寫出來的情書思索了半天，總算想出來一個絕妙的方法——他把情書折成了玫瑰花的樣子，送到謝羽笙房門口。

不知道謝羽笙收到「花」後，會不會捨不得拆開情書呢？

不知道謝羽笙看到情書裡的內容，又會做何感想呢？郁真特地在情書裡寫下了「請你標記我」的請求。

郁真期待著第二天謝羽笙的反應。

但他萬萬沒想到，第二天，謝羽笙還是沒來見他。

徐衡獨自前來，手裡拿著費洛蒙藥劑，對郁真露出了有些僵硬的笑容。「郁真先生，昨天休息得還好嗎？血檢報告出來了。費洛蒙藥劑和你的身體融合得很好，今天你可以繼續注射。」

「謝羽笙呢？他還沒休息好嗎？」

「別擔心，少爺的身體沒事。是工作上有些事要他處理，他一早就出海了。」

徐衡一板一眼地回答，視線很可疑地遊弋到了床腳。

很可疑。

自從醫生向郁真分享了謝羽笙的祕密後，他就沒再用這疏離的態度和他說過話。

郁真瞇起眼睛。「可以給我謝羽笙的聯絡方式嗎？如果謝羽笙事後怪罪，你就說我是逼迫你給的！」

「抱歉，少爺走得匆忙，沒有留下聯絡方式。」

聯絡方式又不是一次性的，這次沒給，不代表以前沒給。更何況徐衡可是在謝家工作了十幾年的家庭醫生，怎麼會沒有主人的電話？

郁真眼中的懷疑更深了。「醫生，是謝羽笙讓你瞞我什麼嗎？」

「怎麼會呢。」徐衡心虛地移開了視線。「我幫你注射試劑吧。放心，不會痛的，只要一針，二十四小時內你就不會再發情了。多方便呀！」

「二十四小時後，謝羽笙會來見我嗎？」

「這不好說啊……要看少爺他手上的事麻不麻煩了。」醫生的音調不自覺地拔高了幾分，說謊的味道更重了。

郁真動了動藏在被子裡的左腳。

要他現在跳下床，和四肢健全的徐衡比誰能更快地跑到謝羽笙的房間門口，郁真是絕對贏不了的。

而且他注意到徐衡的視線總是往房門瞄。

郁真所處的位置看不到房門的景象，但他猜想門口也許有監視徐衡的人，讓他不能和郁真坦白真相。

那麼答案就很明顯了。是謝羽笙不想要郁真知道自己的情況，甚至封了徐衡的口。

大腦飛快轉動著，餘光瞥見徐衡將試劑裝入針管裡，伸手要靠近自己，郁真立刻拿起放在床頭的體檢報告，鑽進被子裡，用厚重的被子阻擋住針頭。

檔上有記錄用的簽字筆，郁真拿筆在第一頁寫道：【謝羽笙的身體是不是出問題了？】

然後郁真把報告從被子的縫隙裡遞了出去。

被子外，徐衡沉默著。

感覺自己等了彷彿有一萬年那麼久，期間他時刻擔心醫生會掀開被子，強行幫他打針。

幸好醫生最終還是把寫了字的報告塞回被子裡。

【是的。昨天你散發出的費洛蒙濃度太高了，催使少爺進入了易感期。發情症狀比過去都要嚴重。】

郁真瞪圓了眼睛，差點就喊出聲。

生怕門外的人察覺到狀況，郁真按捺住不安，拿筆快寫：【我能幫到他嗎？書上說Ω能撫慰α的！我的生殖腔發育好了，腺體應該也快成熟了吧？】

【快成熟的腺體也承受不住易感期的費洛蒙濃度。況且少爺現在的精神狀況比你見過的任何時候都要瘋狂。他怕會控制不住傷害到你，就下禁令，不讓你知道這些。】

郁真想到了海灘那夜的謝羽笙。

那時他宣洩出的費洛蒙和瘋狂的模樣曾一度嚇到郁真，讓他以為自己會被撕碎，但看醫生的描述，現在的他只會有過之而無不及。

郁真不知該如何是好。【謝羽笙能靠自己度過嗎？】

【我們還在密切觀察。】

話說到此，郁真再抗拒注射費洛蒙，就是在給人添麻煩了。

沉浸在難言的無力感中，郁真將手伸出被子。

徐衡的打針手法既快又準，等郁真感受到液體灌入血管的痠痛時，他已經打完了。

「接下來請您好好休息，盡量不要出門了。」

平靜地與郁真告別，徐衡提著醫藥箱離開了房間。

不知道是不是副作用，打完試劑後，郁真就開始犯睏。明明他才剛睡醒沒多久……等他從睏倦中回過神時，時針已轉到了晚上。

郁真用這天剩下的時間又寫了一份情書，折成玫瑰花，放到了謝羽笙的門口。

昨晚他送的花還孤零零地躺在門口。連位置和角度都沒有被挪動過。

此外，郁真注意到走廊裡多了好幾個站崗的傭人，分別位於走廊兩邊的樓梯和電梯處，看住了郁真可能會離開二樓的行動路線。

看來，謝羽笙不在二樓的房間裡。

他應該在一樓某個郁真不知道的房間中，與郁真遠遠地隔開。所以哪怕他進入易感期了，身為 Ω 的郁真也聞不到一絲洩漏的費洛蒙。

第二天，徐衡又來幫郁真打費洛蒙藥劑。

【謝羽笙好了一點嗎？】郁真連忙將事先準備好的紙筆遞到徐衡面前。

醫生沒有接，他只是搖頭。

疲憊而黯淡的神色已說明了一切。

【謝羽笙好了一點嗎？】第三天，郁真把昨天沒用到的紙筆又遞到了徐衡的面前。

他依然搖頭，一言不發。

第四天和第五天也是如此……

郁真渾渾噩噩地連續挨了五天針，頭都快睡麻了。和他形成鮮明對比的是徐衡臉上的黑眼圈，重得就像抹了炭。

情書紙玫瑰堆在謝羽笙門口，就像得不到寵愛而凋零的枯花。

「好想見到小笙。」

好想抱緊他，讓他不要再一個人承受痛苦。哪怕，自己只能為他分擔一點點。

蹲在謝羽笙房門口，郁真輕輕撥弄紙玫瑰，在心底裡祈禱著。

不知道是神明感受到了郁真的誠意，還是事態發展到非郁真不可，第六天，不等郁真舉起紙筆，徐衡主動塞了一張紙條給他。

【你還想幫助少爺嗎？】

郁真一愣，他想問其中緣由，但怕對方以為自己不樂意，他先用力點頭，再奮筆疾書：【謝羽笙怎麼了？】

【我們低估了你的費洛蒙對少爺的影響。過去幾年，哪怕郁理先生鬧事，少爺最多自我隔離，吃五天藥就能度過易感期。但現在，我們翻倍了抑制劑的藥量，還是壓不下他的症狀。再這樣繼續下去，少爺的神經系統會直接崩潰。】

郁真倒抽了一口冷氣。【那我該怎麼做？你說過我的腺體很脆弱，安撫不了他。】

【我想提取你的費洛蒙，利用漸進式手法緩慢加量讓他習慣，看能不能幫助少爺脫離易感期狀態。】徐衡寫完，不等郁真回答，又繼續往後寫：【你現在無法自由控制費洛蒙，只有停用費洛蒙試劑，一直保持發情狀態，我們才能捕獲費洛蒙。但……腺體病變的概率會隨之增加。我無法保證，要提取多少次費洛蒙的量，才能幫助少爺脫離易感期。】

「……」

【最多再注射一週費洛蒙藥劑，你的腺體就能發育成熟。屆時，你會成為健康且自由的Ω。】

「……」

【少爺下禁令前，做好了最壞的打算。他叫我們提取了足量的費洛蒙藥劑，確保你接下來的一週、甚至一個月都有足量的藥劑可以使用。】

「……」

【你可以拒絕我。或者說，這才是少爺希望的。】

「……」

徐衡不停地寫著。

他希望郁真能夠幫助謝羽笙，但又說謝羽笙不想要郁真的幫助。

他把知道的全攤開在了郁真的面前，並且給了他合情合理的退縮理由，就像他帶郁真去謝羽笙房間的那天。

郁真以為自己會在「逃避」上糾結的。

但事實上沒有。

聽完徐衡的話，郁真最先感到的是自責。

自責他的逃避形象實在太深入人心，以至於謝羽笙從一開始就沒想過利用他的費洛蒙幫自己度過易感期。直到徐衡一直忍耐到徹底無能為力了，才向郁真求助。

緊接著，強烈的無力與悲傷又一次籠罩住郁真。

在謝羽笙易感期到來前，他們就相擁在一起，親吻了彼此，郁真對他說出了「喜歡」，甚至打開了生殖腔。

書上說，心意相通的 α 和 Ω 可以在發情時成結，這樣無論是發情期的 Ω，還是易感期的 α 都不會再受折磨。

除此之外，α 還可以進入到 Ω 的生殖腔裡，單方面地標記 Ω。這樣 α 也可以通過掌控 Ω，度過易感期。

可是謝羽笙最後還是推開了他。

他不敢相信郁真。也不敢標記他。

就像過去，無論謝羽笙說多少遍喜歡小真，說多少遍要郁真相信自己，郁真都不相信他那樣。

那時候，他也是這麼的無力和悲傷嗎？

抿緊嘴，忍耐住想哭的衝動，郁真奪過徐衡手中的紙，寫道：【告訴我，停用費洛蒙試劑後，我還要做什麼？】

第十話 結番

徐衡說，希望郁真幫助謝羽笙度過易感期，這是所有醫護人員的想法。但是島上的傭人們都被謝羽笙下了命令，絕對要盯緊醫護人員，必須準時幫郁真注射費洛蒙藥劑，並且不准他們多言。

幸好謝羽笙挑選的傭人和醫護人員都是β。β是感受不到費洛蒙的，只要徐衡對外說他有幫郁真打費洛蒙，傭人也無法懷疑。

此外，醫護人員每天只有早上，有一次機會能來探望郁真，因此也只能在這期間抽取腺體內的血液，拿去提煉費洛蒙給謝羽笙使用。

郁真必須確保自己在這時候正處於發情狀態，且血液中的費洛蒙濃度極高。這也是為什麼徐衡說需要他停用費洛蒙試劑——使用了試劑，就不能確保發情狀態準時到來，更不能保證費洛蒙濃度足夠。

過去只要郁真發情，謝羽笙就會來幫他緩解，郁真從沒體會過一直發情的狀態。

生怕自己被情慾沖昏了頭腦，會做出什麼糟糕的事，郁真請求醫生將他鎖在浴室裡。

依照謝羽笙最初的安排，傭人每天都會來送餐，但他們只是把餐車放到屋裡，然後在下次送餐時收走上一餐的餐車，整個過程並不是必須要見到郁真。

郁真待在浴室裡，正好可以避免被傭人見到，被滿臉性慾暴露祕密。

徐衡悄悄給了郁真一些營養針和壓縮食物，確保他被困在浴室裡時不會餓肚子。

【停止注射費洛蒙藥劑後，你會在兩、三個小時內發情。直到明早我來找你前，你要多注意安全。這支手機的緊急聯絡人是我。如果忍受不了，就打電話。我會以藥劑失效為由來幫你補費洛蒙。】

離別前，徐衡給了郁真一支灰色手機，記事本上寫著一些叮囑。

見郁真點頭，他才關上浴室的門，從外面鎖上。

就如同醫生預計的那樣，過了兩個小時，郁真的身體反常地燒了起來。尤其是頭腦，灼燒感格外強烈，很像發高燒時的感覺。

密閉的浴室裡瀰漫起紅酒的醉人香氣。

郁真晃晃腦袋，脫掉睡袍，坐進浴缸裡。冷水可以降溫，靠毅力和體內殘留的藥物支撐，停藥的第一天，郁真過得還不算太難熬。

除了原本每天都會被安撫的後穴空虛得不停吐露淫液，渴望被填滿……

躺在浴缸裡，郁真做了好久的心理建設，才克服羞恥心，將手指想像成謝羽笙的性器，勉強給自己止癢。

第二天早上，聽到徐衡站在浴室門外喊自己，郁真勉力撐起精神，換上乾淨的睡袍，坐在浴室門口。

來幫郁真抽血的是不知道名字，但已經見過三次的男性 β 醫護人員。徐衡則站在臥室裡把風。

醫護人員動作熟練地操作針管，將連著膠管的長針抵著束縛器的邊緣，扎入連接腺體的血管。

「嘶！」郁真吃痛地倒吸了口氣。

腺體很脆弱，連帶著周遭的血管也很敏感，被針扎入的痛感，大概是普通打針的幾倍有餘。

郁真閉上眼睛，反反覆覆默念「我不痛」，才度過了漫長的抽血階段。

醫護人員抽走了兩管血，加一起才只有十毫升。

郁真指指後頸，想讓醫生再多抽一點。

醫生搖頭，用眼神告訴郁真，已經夠了。

「謝羽笙就拜託你了！」郁真壓低聲音說。

醫護人員沒再給郁真回應，他起身離開時，從外面鎖上了浴室的門。

想著用上自己的費洛蒙後，謝羽笙說不定很快就會好轉……郁真忍不住揚起笑，起身躺回浴缸裡。

這一天，身體裡殘留的費洛蒙藥劑完全代謝光了。沒有了 α 的費洛蒙安撫，郁真感覺全身每個細胞都開始叫囂起飢餓。

然而郁真的腸胃毫無食慾，光是看到擺放在架子上的營養劑，他就克制不住地乾嘔了起來。

易感期的謝羽笙也是這麼難受嗎？

後穴吞嚥著手指，聽著咕啾咕啾的水聲，郁真迷迷糊糊地想。

第三天，水聲、呼吸聲、徐衡的呼喊聲……所有入耳的聲音都被放大成野獸般的咆哮，在郁真腦內轟隆作響。

撐著心底對謝羽笙的渴望，郁真爬起來，披上睡袍，蓋住自己一身燒成緋紅的肌膚，背對浴室門坐下。

今天來的是徐衡？還是那個不說話的男性 β 醫護人員？對方有叮囑什麼嗎？今天又抽了多少血？郁真都顧及不到了。

「謝羽笙……他還好嗎？」他只想知道這一件事。

可是話聲落下後，郁真等了很久也沒得到答覆。

回頭再看身後時，他才發現浴室門不知何時又被鎖上了。

現在是什麼時候？時間過了多久？郁真抬起發麻的頭，看著屋頂上的燈，發覺自己對時間這概念變得麻木。

嗡嗡。嗡嗡。

拿到手後就再沒響過的手機嗡嗡震動起來。郁真看向擱置在洗手臺上的手機，後穴隨即飢渴地收縮了一下！

「清醒一點！」郁真雙手猛拍了下臉，強壓下想把手機塞進後庭止癢的衝動，起身拿起手機。

【你還好嗎？】

【需要注射費洛蒙嗎？】

手機內唯一存的一個號碼發來了兩條問候訊息。

號碼沒有備註姓名，只是一串數字。郁真想當然耳地認為來訊的人就是徐衡。

他抱著手機躺進浴缸裡，一手撫慰著下身，一手回訊息：【我沒事。謝羽笙呢？他有好一些嗎？】

手機另一端的人立刻給了回覆：【他好多了。只要再攝入一點你的費洛蒙。】

那就好。

單手敲字很慢，郁真不時打錯字。還來不及發出感嘆，對方緊接著又發來訊息：

【但是你的腺體檢查出了一點問題，繼續下去的話，一定會病變。】

緩慢敲打鍵盤的手指一頓，郁真閉上眼睛輕嘆一聲，將手機扔出浴缸。

手機落在大理石地面上，螢幕應聲碎成蜘蛛網。

嗡嗡。嗡嗡。嗡嗡。

手機另一端的人還在給郁真發著什麼。震動聲在浴室裡迴盪著，吵得郁真頭痛。他打開蓮蓬頭，將水量開到最大。

嘩啦啦啦——

再惱人的噪音都被水聲掩蓋住，連帶著躁動不安的情慾。

郁真舒展開身體，讓逐漸蓄起來的冷水淹沒自己。

意識墜入朦朦朧朧的幻覺中，郁真聽到了謝羽笙的笑。是那種低啞的、開心的，又有一些古怪的笑聲。

想要見到謝羽笙，郁真追著笑聲一直往前跑。

他跑過虛無的空白，跑過樹影婆娑的花園，跑過滾燙晒人的海灘，一直跑到長廊。

周邊的景象全被抹成了黑色，唯獨長廊盡頭的門擴散出唯一的光，不時傳出呼喚郁真名字的話音，吸引著郁真不顧一切地向它奔跑。

「到我身邊來，小真……」

是謝羽笙的聲音。

「快過來，小真……」

嗯，我現在就過來。

長廊看著很短，郁真卻怎麼也跑不到盡頭，就彷彿有什麼力量在阻礙他靠近門，而不斷拉長的長廊距離，遠到郁真跑到精疲力竭，都要喘不上氣了，發光的門仍在前方，伸手不可及。

步伐緩緩慢了下來，痛覺隨即攀上左腿，似千萬根針往骨頭裡紮。郁真痛得驚呼一聲，這才想起自己的腳受傷了，不能這麼放肆亂跑。

奇怪……我怎麼可以跑出來呢？我不是應該待在浴室裡，等到謝羽笙恢復嗎？

況且謝羽笙根本不在那個房間裡。

他在我不知道的地方，忍受著比我更難熬的痛苦。

郁真往身後看。

來路一片漆黑，透著懾人的寒氣，彷彿只要向它靠近一步，就會被吞噬，拽入無邊深淵。

恐懼拉扯住郁真的腳，寒毛不自覺地豎了起來。

他嚥了口唾沫。

黑暗總能讓人本能的畏懼，想要逃離它，去往有光的地方。

可是……

郁真雙拳緊握。

謝羽笙還差一點費洛蒙就能恢復了。

以前的我什麼都做不了，除了辜負他的情感、變成縮頭烏龜，逃得遠遠的。

但是現在的我可以幫助他了。

我是Ω。

我會成為謝羽笙的Ω。

我……已經決定不會再逃跑了。

用力地點下頭，郁真轉身，一瘸一拐地往回走。

不要偽裝成謝羽笙欺騙我了。他不在房間裡。

「回來，小真……」

「小真，你又要離開我嗎？」

我不會再離開你了，所以我要回去。

「回來！我命令你回來！」身後的呼喊逐漸扭曲，變得歇斯底里，變得不再那麼像謝羽笙的聲音，而像個手握屠刀的怪物。「郁真，你給我回來——」

我不會讓你再一個人承受痛苦了。我會回到真正的你身邊。

腳步一點一點地加快。

身後從房門中透出的光和呼喊變得越來越微弱，直至最後被黑暗掩蓋。與之一同被掩蓋的還有郁真的五感。

在黑暗裡，他什麼都看不見、聽不到、感知不了。

他只能憑著心中「要回去」的信念，在黑暗中往前走。

時間在無盡黑暗中沒有任何意義，郁真不知自己走了多久，也許只有一會兒，也許過了很久。

他不停地走著，向著心中他覺得正確的方向，一直走到某個瞬間，黑暗被驕陽洗去，純白的蝴蝶帶著古怪的「滴滴滴」聲，如決堤洪水，攜著熱浪撲面而來——

郁真連忙抬起手擋住臉。

視線透過手指縫隙，透過層層疊疊飛過身側的蝴蝶翅膀，他看到了置於前方的花房……不，準確地說是他這些日子住的房間。

只是花藤爬滿了房間，將它布置得宛如花房。

空氣中瀰漫著淡淡的麝香百合香。

幼年的謝羽笙坐在鋪滿玫瑰花瓣的床上，一邊扯著手中的花瓣，一邊無聊地晃著觸碰不到地面的雙腳。「小真會來，小真不會來，小真會來……」

玫瑰花只剩下最後一片花瓣，念到「小真會來」的小謝羽笙抬起頭。如寶石一般透亮的藍色眼眸中倒映出郁真的身影，小謝羽笙朝他露出燦爛的笑容。

「小真，你來啦！」

「嗯，我來了。」

滴、滴、滴……

心跳聲和迴盪在屋內的古怪滴滴聲重合在了一起。踩著這節奏，郁真瘸著腿走到小謝羽笙面前。

「我等你好久了！」小謝羽笙張開雙臂。

然後，郁真落入了一個溫暖的懷抱。

「不要離開我。」稚嫩的聲音轉變為成熟的低吟，將郁真的意識從幻境中用力拉扯了出來。

郁真睜開眼，發現自己躺回到了床上。

視線被穿著黑襯衫的胸膛擋住，郁真發覺自己正枕在某人的臂彎裡，被擁在懷中。

滴、滴、滴……

郁真從沒有被人抱著睡的體驗，更陌生的，是仍迴盪在耳畔的古怪聲響。郁真認真聽了幾秒，才恍然大悟：這是心電圖的聲音。而且它記錄的好像是他的心跳頻率。

「醒了？」惺忪的聲音貼著頭頂輕吹而過。郁真抬起頭，視線順勢撞入謝羽笙疲憊的雙眸中。

下一秒，擁著他的手臂收緊，像是要將他擠壓進身體裡一般。「你知道自己差點死掉嗎？」

「……是嗎？」郁真眨眨眼睛，顯然不知道發生了什麼。

「停止用藥，催化發情，讓醫生幫我注射你的費洛蒙……你以為生殖腔發育好了，腺體就不會病變了嗎？」

「我知道腺體會病變。」

「那你還那麼做！如果我再晚點清醒過來……再晚半天，你就要死了，你知道嗎！」乾啞的聲音變得激動，謝羽笙戴著手套的手指攀上郁真的臉，死死地箝住。「你就那麼不怕死嗎！」

「我怕死。但我更怕你會出事。」郁真抬起手，蓋在謝羽笙的手背上。「你說要標記我的。如果你瘋了、死了、不認帳了怎麼辦？」

睫毛如扇斂下，蓋下一片陰影掩蓋住情緒。「標記又不是結番。等你成為Ω，就會有大把的 α 願意和你結番。」

「不會的。」郁真斬釘截鐵地否認。「除了小笙，沒有人喜歡小真。」

「我早就不喜歡你了！」

「那你為什麼不讓我陪你度過易感期？為什麼在意我會因為腺體病變死掉？現在，又為什麼那麼緊張地抱著我，說一些好像很擔心失去我的情話？」

「……」

擁抱自己的雙臂遲疑地鬆開了，郁真急忙反過來緊抱住謝羽笙。「標記我吧，小笙。讓我變成你的Ω吧。你不必對我負責，只需要占有我。」

「……」

「給我一個追求你的機會。看在我這次那麼拚命的分上。」郁真扭頭，想把後頸送到謝羽笙的嘴巴前，但被謝羽笙攔住了。

他咬著牙，有些自暴自棄地喊：「我標記不了你！你沒發現躺在我身邊，你卻沒聞到半點費洛蒙嗎！」

郁真用力地嗅了嗅。「真的什麼氣味都沒有……」

他瞪大眼睛。「難道、難道腺體壞了？我又變成β了？」

「呵，你想得美！腺體移植是不可逆的。你這輩子只能是Ω。」

「那為什麼我聞不到你的費洛蒙味道了！」

「為了壓下你的發情狀態，安撫腺體，我給你注射了足量的費洛蒙藥劑。你這兩天都不會發情，也就不能被誰標記。」

「哦、哦……那就好那就好。」郁真長鬆了口氣。他感覺背脊涼颼颼的，肯定是剛才太激動被嚇出了冷汗。「所以說我的腺體沒有病變？」

「雖然差一點……但你現在很健康。過兩天再做一次完整的檢查報告，如果沒有異常值，你就是真正的Ω了。」

「那等過兩天，等我能發情了，你就標記我！」

「……我的易感期過了。」謝羽笙咬著牙，沒好氣地說：「有你的費洛蒙壓制，最快也要等半個月才能發情。」

郁真揚唇。「我看過書了。α標記Ω不需要進入易感期。只有結番才……啊。」

話戛然而止，郁真不確定地再看謝羽笙。

撫在臉上的手急忙轉移郁真的後腦杓，用力按向胸口。「誰說我要標記你了！」

「……你要和我結番嗎？」聽著對方怦怦狂跳的心跳聲，郁真小心翼翼地問。

「是啊！不可以嗎！這不是你最想要的結果嗎！」

「嗯！」郁真以同樣的力度回抱住謝羽笙。「我記得書上說，Ω的費洛蒙也可以催化、提早α的易感期？」

「那是大半年都沒發情的α！就算是種公，也不可能在連續發情十天、兩百多個小時後，歇兩天就繼續發情！」暴躁的話語融入羞恥的顫音。

讀出謝羽笙話中「心有餘而力不足」的意思，郁真忍不住傻笑出了聲。

「有什麼好笑的！我不是說我不行，我就是說要半個月後……」

「嗯！那就半個月後。」郁真貼著謝羽笙的胸膛點點頭。「那我兩天後要是再發情……」

「給你準備的費洛蒙藥劑還剩下很多。」

徐衡說過，因為擔心自己可能撐不過易感期，謝羽笙在發情前給郁真留了足量的費洛蒙藥劑。

沒想到，最後還真都派上用場了。

經歷過日日縱慾的日子，一下子被通知要清心寡慾地戒色一陣，郁真竟下意識地感到了一絲空虛。

Ω對α的渴望，郁真對謝羽笙的依賴，遠超出他自己的預料。「那在你易感期來之前，我們還可以一起睡嗎？」

「……」

「你要是不習慣有人一起睡覺，那就挑我每天發情的時段，我們就蓋被子聊聊天？」

「……」

「躺著發呆，不聊天也可以。」

「……」

「你工作忙的話，給我一張你的照片，我放在床邊也——」

「會陪著你的！」謝羽笙阻止他說出更發卑微的請求。「白天不行，晚上我會來找你的。」

「一起睡？」

「一起睡。」

「那聊天呢？」

「可以聊天。」

「告白呢？」

「隨便你。」

「喜歡我的話呢？」

「……」意識到自己差點被郁真繞進圈裡，謝羽笙拉起被子，蓋過他的腦袋。「睡覺吧。我睏了。」

「好吧。」

郁真抿抿嘴，壓下漫上心頭的失落。

反正最多再等半個月，等他們結番了，謝羽笙就不能再迴避說「我喜歡你」了。

只要再等半個月，十五天，三百六十個小時，兩萬一千六百分鐘……

郁真閉上眼睛，在心裡倒數起剩下的時間。

之後的日子，郁真很順利地拿到了證明他很健康的檢查報告。

他已經完全分化成了Ω。而謝羽笙也遵守了和郁真的約定，每天晚上都會來找他，睡在床鋪的另一側。

他換上了睡衣，只是扣子總是扣到領口，長袖過腕，手上依然戴著手套，將自己掩蓋得密不透風。

一開始，蓋上被子後，郁真總是不老實地摸向謝羽笙，想要解開他的衣服，再親眼看看他藏起來的身體，但是都被謝羽笙擋住了。

然後他就會關上燈，冷著聲催促郁真睡覺。

意識到謝羽笙是真的不想讓自己看到他的身體後，郁真就不動手動腳了。

他改用聲音騷擾。

「小笙，有聽說過嗎，傷疤是男人的勳章，有傷疤的身體是最酷的！」

「小笙，我想和你手牽手睡覺。不戴手套的那種，可以嗎？」

「小笙，雖然房間裡開了中央空調，但你穿那麼多睡覺，還是會熱出痱子的。」

「小笙……」

「小笙……」

……

再固執的傲嬌也扛不住郁真這般騷擾。

在兩人一起睡的第六天，謝羽笙終於掀開被子，煩躁地坐起來，藉著稀薄的月光，怒瞪身旁睜著眼睛，一副「我還能再念幾小時」的郁真。

「我的身體很醜，沒什麼好看的。」

「好看的。我親眼看過，還想再看一次。」郁真連忙爬起來，坐到謝羽笙身上。

手指落在被睡衣蓋住的胸口位置，郁真閉上眼睛，依著記憶描畫。「我記得這裡有一條疤，一直到這裡。是淡粉色的，就像花枝……這裡有個三個小花骨朵。」

「這是手指摳出來的傷口，不是花。」謝羽笙冷聲說。

「是花。是你為我種的花。」

「……不是。」

「這裡還有、這裡、這裡……」手指描過胸口、左手臂、一直到左手背。

「和這裡。是哪怕你被尋死的我氣到神志不清，也依然沒有放縱瘋狂來傷害我的證據。」

吹拂在郁真臉上的呼吸變得粗重。

「讓我看看它們。」郁真迎著呼吸，湊近到謝羽笙面前，幾乎與他鼻尖貼鼻尖，同時，他的食指勾開手套的邊緣，慢慢地鑽入裡面，撬開手套。指腹摸到了微涼的肌膚，帶著凹凸不平的痕跡。有刀割開的，也有牙刺穿的，不同長短深淺的傷疤，隨時間，層層疊疊在脆弱的手背上。

「對不起，小笙。」郁真閉上眼睛，吻住他的脣。

主動權只在郁真這停留了一秒，謝羽笙就一把反握住郁真，將他按到床上，回以更熾熱的吻。

溼濡的吻聲在黑暗中蕩開，空氣在交換的唾液中升溫。脫了半截手套的手撫上郁真的臉頰，輕揉地描繪郁真的眉眼。

這個吻和浴室那天的截然不同。

雖然謝羽笙依然很用力的吮吸糾纏著郁真，但吻中卻少了那種害怕失去，而抓緊每分每秒掠奪的急躁。

郁真感受到了謝羽笙深沉而溫柔的情感。

「再給我一點時間，小真……」依依不捨地離開郁真的脣瓣，謝羽笙啞聲說：「你變勇敢了……但我還沒有……」

「知道了。」郁真閉上眼睛，主動又吻上謝羽笙。

郁真不知道這一晚他們吻了有多久，從無眠的夢中醒來時，謝羽笙已經不在他身邊，但紅腫充血的雙唇仍提醒著他，昨晚的溫柔是真實的。

他離謝羽笙又進了一步。

郁真咧嘴竊喜，緊接著就又痛得癟起了嘴——也不知道親腫的嘴巴要多久才能消下去！

此外，郁真的早餐變成了清火清淡的綠豆粥，據說是謝羽笙特地吩咐廚房做的。

他是在暗示郁真消消火，別再做過火的事嗎？

郁真挑眉，努力按捺住想笑的心情，更加期待結番之日的到來。

等待的日子裡，郁真除了每晚念叨謝羽笙，想要他快點脫光光之外，郁真還讓他把藏起來的東西，像是閱讀室、溫室裡的書、小島上缺失的物件都放回去。

不得不讚嘆，謝羽笙帶來島上的傭人行動力真是一絕。得到謝羽笙的首肯後，他們只花了一晚，就把所有東西復原了。

謝羽笙去忙時，郁真就拄著拐杖，沿著記憶到處亂逛。

花房恢復了蔥鬱溫暖的模樣，原本擺放在中央位置的藤椅因為被郁真拿走了，謝羽笙改讓人做了架可以容納兩人坐的鞦韆。

鞦韆的造型酷似籠子，外部裝飾了大量的蕾絲和花卉植物，搭配內部填滿的柔軟坐墊等織品，給人一種華麗唯美的觀感。

郁真一開始不太能欣賞這種過度包裝的東西，覺得它讓花房變得有些華而不實。

但閉上眼，幻想了一番謝羽笙坐進籠型鞦韆裡，抱著毛毯睡覺的樣子⋯⋯他立刻接受了鞦韆的存在。

不得不承認，謝羽笙真的很好看。沒有人能抗拒這樣的美男。更沒有人能抗拒圈養美男的畫面！

郁真捂住臉，暗暗計畫著哪天約謝羽笙來花房坐坐。

一個人的時候，郁真可沒閒情逸致去坐鞦韆。

他坐進了閱讀室裡。

書架上消失的書大多都是詩歌集。過去的謝羽笙在上面寫寫劃劃著，標記著要用在哪次情人節、哪次生日、哪次相遇紀念日、哪次告白紀念日⋯⋯

分別的八年裡，郁真經常會夢到謝羽笙，夢裡的回憶有那麼多，仍沒能完全涵蓋所有的過往，以至於很多事直到看到書上的筆記，郁真才想起來，過去他和謝羽笙相處時，對方為了靠近他，變著法子定了很多節日。

但是郁真想不起更多細節了。

他從來沒有把這些事放在心上。

他總是把注意力放在無法化解的自卑上，自怨自艾地蜷縮在漆黑的內心世界裡，從不肯抬頭看看站在他身邊，牽著他的手，想把他從漆黑的囚籠裡拽出來的謝羽笙。

郁真決定重拾這些紀念日，把謝羽笙精心挑選的詩歌全部送還給他！

正好郁真每天都苦於寫不出好的情書，沒法讓謝羽笙看完後露出不知所措的表情。

除了書上的筆記，郁真還在一樓走廊的窗戶看到了一串風鈴，經歷風吹雨打後早已陳舊，任風吹拂也發不出聲響。

他看到了放在花壇裡的小稻草人，只有手掌那麼大，差一點就被忽視了。

他看到了安置在客廳展櫃裡的陶土擺件，造型是一籃花，五彩斑斕的顏料在時間中龜裂，露出了暗棕色的陶土。

……

郁真看到了很多學生時期在手工課上做的作業。

對過去的他來說，良好的手工能力只是幫助自己獲得好成績的手段，他從沒有把評完分的作業放在心上。

謝羽笙找他要，他就送給他，就像處理本來就要扔掉的垃圾。

結果它們卻被謝羽笙視為珍寶留了下來。乍一眼看上去，好像曾經的郁真送了謝羽笙很多東西，好像真的把他放在了心上。

可是事實上，郁真從沒有用心地為謝羽笙準備過禮物，就連謝羽笙捨不得丟的舊毛毯，也是用錢就能很輕鬆買到的商品，郁真從思考到買下，前後不過花了一分鐘。

所以收到郁真的花和情書，謝羽笙才會懷疑自己是不是瘋了，才會開心又惶恐地得睡不著啊……

郁真恍然，隔天就列了一堆手工用的材料，拜託謝羽笙幫忙採購。他要把這些禮物用心地再做一遍，重新送給他。

「用我的錢，做禮物送給我？」拿著採購單，謝羽笙冷笑。

將他的反諷視為害羞的不坦率表現，郁真理所當然地點頭。「畢竟過去八年我是個貧窮打工人，存款就只有幾萬。你要不嫌少，我可以把帳號和密碼給你。畢竟結番後，那幾萬就算我們的共同財產了。」

「……」

「放心吧，清單上的材料都不貴。不會讓我們破產的。」

郁真拍拍謝羽笙的肩膀。

兩天後，他收到了謝羽笙找直升機空運來的材料。用精美的禮物盒包裝著，疊起來堆滿了小半個房間。

離開郁家後，郁真已經很久沒見過這種禮物堆成山的陣勢了。

而且他好像也沒有要謝羽笙買那麼多東西？

郁真坐在這些禮物前，困惑地一個一個拆開；他越拆，越覺得後背發涼。

手工材料本身的確不貴，但如果有了牌子，價錢就會倍數增加。

最讓郁真震驚的，是材料中有一盒帶著證書的鑽石。他的購物清單裡可沒有這種敗家玩意兒！

謝羽笙不會是打算讓我做一枚戒指送給他吧？

拖著裝滿鑽石的盒子，郁真嚥了口唾沫。

他的手工能力再好，也不過是國中生水平，做戒指可太為難他了。

只是轉念想到如果自己真能做出戒指送給謝羽笙，對方屆時會露出的驚喜又不敢置信的彆扭表情……郁真忽然覺得自己也是可以努力試試的。

郁真繼續拆禮物盒。

在拆到裝有針線的盒子時，郁真看到了一捲有小指那麼長的紙條。他以為是使用說明，或者是價格能嚇死他的發票。然而小心翼翼地展開後，他看到了令心臟為之一顫的熟悉字跡。

到西海灘貝殼堆中找我——郁銘山。

那是父親的名字，紙條上的字，也是父親的字跡。

他來島上了？難道是搭著送禮物的直升機來的嗎？

謝羽笙怎麼會允許他來！

不，謝羽笙肯定不會允許他來的……不然郁銘山就不會把紙條藏在禮物盒裡送給我了！

他一定是偷偷地藏在了某處，等著我上鉤。

震驚、恐懼、憤怒……一堆負面情感和酸脹的噁心感頃刻湧上大腦，郁真抿住雙唇，收緊咽喉，才沒讓自己嘔吐出來。

他握緊拳頭。

在是否要無視郁銘山的事上思考了三秒，郁真將捏得皺巴巴的紙條揣進睡袍口袋裡。

郁銘山能塞一次紙條給他，就能塞兩次、三次、無數次……既然決定了不再逃避，有些事還是早早處理掉更好。

這可能也是一個讓他靠近謝羽笙的契機。

想到這，他爬起來，拄著拐杖往屋外走。

自從謝羽笙度過易感期後，走廊裡就沒有看守的傭人了。

郁真每天都很自由地在島上到處活動，所以今天他也很自由地搭乘電梯下到別墅一樓，穿過延伸向外的走廊，來到紙條上寫的西海灘。

郁真不知道自己該用什麼表情面對郁銘山，極力維持平靜的肌肉隱隱地抽搐著，他害怕自己只要放鬆一點力氣，就會露出能讓郁銘山有機可乘的軟弱模樣。

幸好，放眼望去，西海灘上根本沒有人影。

郁真繞著海灘走了幾十公尺，才看到一處似是被人故意堆起來的貝殼，正好與紙條上的內容相吻合。

用拐杖撥開貝殼，郁真看到了明顯被人翻弄過的深色沙子。再往下挖了十幾公分，一支套在防水袋裡的手機露了出來。

袋子裡還有一個巴掌大的儀器，郁真不知道那是幹麼用的。

將儀器留在袋子裡，郁真取出手機。

這是一支嶄新的手機，郁真幾個月前曾在廣告裡見過，標著他根本買不起的價格。

感應到郁真的臉，手機螢幕自動解鎖，跳轉到通訊錄頁面。

聯絡人裡只存了一個號碼，署名為「父親」。

一個讓郁真感到好笑又想哭的稱呼。

閉上眼，深吸一口氣，郁真放下拐杖，在沙坑邊坐下，然後打電話給「父親」。

電話那邊的人顯然在等郁真來找他，鈴聲只響了一下就被匆忙接通。「郁真！你現在還好嗎？謝羽笙藏著你的消息，不允許我聯絡你。我費了好大的力氣才買通一個下人幫我！哦……謝天謝地，我的孩子，你來找我了……」電話那頭的聲音急不可耐地跑了出來。

郁真以為自己聽到郁銘山的聲音後會不知所措，甚至和以前一樣節節敗退。可事實恰好相反。

紊亂的情緒一瞬間冷靜了下來。

郁真拿著手機，面無表情地問：「你找我有什麼事嗎，父親？」

冷靜的聲音讓電話那頭的郁銘山一愣，他遲疑了片刻，才繼續用激動的聲音說：「當然是很重要的事！郁真，你知道謝羽笙對我們做了什麼嗎！你一定不知道，他一定編了很多謊話騙你！但你不能相信他，他就是個惡魔！他早就不是我們過去認識的謝羽笙了。」

忍耐住想要掛斷電話的衝動，郁真配合地追問：「你為什麼說他是惡魔？」

「這一切都是謝羽笙的陰謀！郁家是他設計整垮的，郁理也是他買凶害死的！就連腺體移植手術，都是他這些年投資研究的技術！他算計了一切，就是為了徹底掌控你！他恨郁家，恨我、恨郁理，更恨你……」

「……」郁銘山歇斯底里地把所有的罪名都推到了謝羽笙身上。在他的話裡，郁家的人成為了這世界最無辜、最可憐的羔羊。

郁真差點就要冷笑出聲。

見郁真沒有表態，郁銘山緊接著又說：「我、我不是在危言聳聽，我有證據！我拿到了他和腺體移植研究所的轉帳記錄，從四年前就開始了！」

「那也只能證明他有參與移植技術的研發，不是嗎？」郁真問。

「我當然還有其他證據，但都差一點……謝羽笙很狡猾，除了資助研究的事，其他的事他都沒有直接出手，而是轉移了好幾個中間人來稀釋他的嫌疑。但是我查到了他在某黑市的私人帳戶，他把一些見不得人的東西藏在了那裡。我買通了那裡的管理員，只要有謝羽笙的指紋，就能拿到裡面的東西。」

郁真垂眸看向袋子裡那個陌生的儀器，忽然明白那是幹什麼用的了。

他要郁真去偷謝羽笙的指紋。

畢竟謝羽笙總是戴著手套，哪怕是和他有過最親密行為的郁真，也很難讓他露出手指，更不要說其他人了。

「父親，我現在是Ω。」郁真說：「你把剛結束手術的我送到了謝羽笙身邊，就沒想過我會被他標記嗎？如果他真的有罪，那我該怎麼辦？」

「標記關係而已，又不是結婚，他有罪也牽連不了你！別擔心，父親會保護你的！」郁銘山的話音中多了一絲興奮，彷彿看到了魚上鉤的徵兆。

「我的意思是，他要是不在了，我以後發情，那該怎麼辦？」

「哎，你以前是 β，沒學過生理知識，這不怪你。Ω 發情並不是必須要 α 的，你還可以打抑制劑的。」

「如果抑制劑對我有副作用呢？」

「怎麼可能會有副作用呢！你的腺體是郁理的，他以前也打抑制劑。沒出過事！」

「萬一移植後的腺體病變了呢？」

「到時父親會再想辦法的。」

「會想辦法，就是現在沒有辦法。」

「當然不是！你要相信父親！只要郁家還在，你就絕對不會有事！」

「但郁家不是破產了嗎？不然你為什麼把我送給謝羽笙？」

「……」

謝羽笙說郁真變得伶牙俐齒了。

之前，郁真覺得對方只是在嘲諷他，但現在看來，這是真的。

這是第一次，他思路如此清晰地將郁銘山說到啞然。

打開免持聽筒功能，將音量開到最大，大到連海浪聲也無法掩蓋住對面的話聲，郁真才拿著手機往後一躺，整個人倒入沙灘中。

看著藍到刺眼的天空，他忍不住笑了起來：「父親，原來我的自私自利，是遺傳的啊。」

「……你說什麼？」

「你根本不在乎我的死活，你只在乎郁家、不，是你的事業。你可以為了自己，捨棄我來討好謝羽笙。也可以為了自己，把親手做出來的事全推給別人，說是別人迫害你。」

「我知道你現在無法接受我的話，但是……」

「以前你說我總讓人失望，我以為是我太差勁了才會如此。現在看來，原來是你太差勁了啊，父親……而我，不巧遺傳了你的自私。」郁真不再忍耐，低聲笑了起來。

他從未如此感到舒暢，就像堆積在體內、發酵了二十幾年的垃圾終於被清乾淨了。

「父親，我和你一樣，是個自私的人呀。我不在乎郁家破產後會怎麼樣，我不在乎你是死是活，我更不在乎郁理的死到底是意外還是人為。」

「如果不是想看看謝羽笙，我根本不會去參加郁理的葬禮。」

「如果不是想要和謝羽笙在一起，我根本不會活到現在。」

「如果不是謝羽笙想試探我，你也根本不可能聯絡到我呀，父親。」

「……什麼？」電話那頭的人震驚得快發不出聲音了。

「你怎麼那麼天真，以為自己能瞞著謝羽笙，買通這座島上的人？你知道這裡有多少監控嗎？你知道謝羽笙至今也沒完全相信我嗎？」

「……」

「但多虧了你，現在我總算能讓謝羽笙相信我了。」

說完，不等電話那頭的郁銘山反應過來，郁真坐起來，對著大海甩臂——

撲通！

手機應聲落入離海灘有幾十公尺的大海，被海浪撲沒了影。

撲通！

緊接著郁真將袋子裡的儀器也扔進海裡。

直至扔到手裡只剩下一個防水袋，他才仰頭大喊：「滾出來——謝羽笙！」

喊聲在空曠的海灘迴盪，直到被海浪聲沖刷乾淨，也沒有誰來回應郁真。行吧。

郁真拄著拐杖站起來。「你再不出來——下一個，我就把自己扔進海裡！」說完，他就往海的方向走。

果不其然，倉皇的腳步聲緊接著從身後傳來。

在郁真踏入海水之前，他被戴著黑手套的手一把抓住。

轉頭，郁真看到了一臉糾結無措的謝羽笙。

「……你是什麼時候察覺到我在附近的？」

「我不知道你在。但我猜附近有你的人，他會把你找來。」郁真坦白道：「但既然你在，剛剛我和郁銘山說的話，你都聽到了嗎？」

「……」

「我開了免持聽筒的。」

「……聽到了。」謝羽笙扭過頭，視線盯著遠方的樹叢，不情願地說：「你是氣惱他之前害你，才故意那麼說嗎？」

「我是因為不相信他的話才那麼說。」郁真一字一句發音清晰地糾正。

「如果……他說的都是真的呢？」

「那也是我害得你發瘋，我是主謀。我想要郁理死。從小想到大。我想過很多次。」
這是郁真第一次把曾「希望郁理死」的心事說出口。
就像是剝掉自己身上最後一層自私的偽裝，將軟弱無能的醜陋靈魂暴露出來，郁真羞愧得眼眶發紅滾熱。
他下意識地想要解釋，解釋自己其實在離開郁家後，就沒有再嫉妒郁理了。
他甚至希望郁理活下去。
可是他不能解釋。
有些罪名，他必須要認下來。
哪怕變得更加醜陋，也要認下來。
因為只有這樣，他才能讓謝羽笙相信，他相信他這件事。
他才能逼出謝羽笙的心裡話。
「我討厭郁理的優秀，我討厭他是Ω，我討厭他取代我待在你身邊。只有他死了，我才能得到解救。只有他死了，我才敢來葬禮，接受我想見你這件事。」
郁真睜大眼睛，不管不顧地喊道。
謝羽笙被他這豁出去的氣勢嚇到了。
他想要避開郁真的視線，但對方先一步捧住了他的臉，強迫他與自己對視。「知道我是這麼糟糕的人，你是不是不會再喜歡我了？」

「……你明知道我不會這麼想。」謝羽笙蹙眉嘆息。

「那你告訴我，你是怎麼想的。」

「郁銘山說的，你都不信。我說的，你就會相信嗎？」

「當然。」

謝羽笙眉頭皺得更緊了。「如果我騙你呢？」

「那我也相信。只要是你說的。」

「……」

「無論你說什麼，我都不會再離開你了。」

「……」

「相信我，小笙。」

「……」

「相信我。」

「……」

面對步步緊逼，不讓分毫的郁真，最終，總是頑固地表現出抗拒的謝羽笙投降般地垂下了眼眸。

「郁理是被他自己害死的，車禍起因是酒駕。和你、和我，都沒有關係。你嫉妒的弟弟從來都不是多麼優秀的人。這些年他們以為搭上了謝家就可以隨心所欲，但是郁家問題太多了，出現紕漏是早晚的事。郁理出事前，郁銘山曾用郁理要脅過我。可惜我找到了你的線索，順勢拒絕了與郁家的婚約。」

「所以哪怕郁理活著……你們都不會在今年年底訂婚？」

謝羽笙點點頭。

「然後郁理死了。郁銘山送來了你。」

明明盛夏的海灘熱得出奇，但此時此刻，郁真卻感到一陣陣的寒意，不自覺地後背發涼，汗毛豎起。

郁銘山說，謝羽笙憎恨他們，所以設局害了郁理、害了郁家。

但反過來，如果是郁家垮了，郁理無法要脅謝羽笙幫忙，所以郁銘山下手害了郁理，替換郁真來做籌碼呢？

這也一樣合理。

完全符合郁真對郁銘山的認知。

就像當初，知曉郁真分化成 β，有很大機率無法和謝家聯姻後，郁銘山也是第一時間出手，讓郁理替代了郁真。

在他眼裡，郁理也好，郁真也好，都不過是他手中的工具。

注意到郁真變得暗淡的雙眸，謝羽笙遲疑了片刻，微涼的手落在了他的後腦杓。

手指揉著碎髮，輕輕安撫。「郁銘山傷害了你。如此一來，我更不會幫他。我帶你來島上，避免你在身體不穩定階段受到他的騷擾。他的計畫落空，只能設法拉我下水。」

「他瘋了。」

「也許我們都瘋了。」謝羽笙苦笑。「我的確找過黑市，投資過腺體移植技術。但技術方向是移除 α 腺體，將 α 改造成 β。」

「……什麼？」郁真一怔。

「郁理葬禮的那天，我去做了檢查，最後確定了手術事項。」

的確，葬禮那天郁真沒有見到謝羽笙。

原本的失落與慶幸都在此刻轉為了震驚和心疼。

郁真下意識地屏住了呼吸。

「如果你不去參加葬禮，如果郁銘山沒有對你下手，那麼過幾天，你就會見到成為 β 的我。我會去找你……我連開場白都想好了，小真……」

謝羽笙睜著一雙無神的眼睛，僵硬地扯扯嘴角，露出了郁真只能用難看來形容的笑容。

明明，他以前是那麼擅長笑的一個人。

「如果你不能接受身為 α 的我，那我變成了和你一樣的 β，你是不是就能接受我愛你，不會再離開我了？」

「……」

郁真很想回給謝羽笙一個笑容。

可才提起嘴角，眼眶積聚的酸澀感就化為了淚花，模糊了視線。

他只好在眼淚溢出前抱住謝羽笙，將臉埋進他的胸膛。

「當然，我不會再離開你……」

無論你是 α，還是 β。

無論我是 β，還是 Ω。

……

謝羽笙放下防備後，接下來的事都變得順理成章了。

擺滿盆栽與花藝品的花房裡，懸掛於中央的籠型鞦韆在淫靡的呻吟聲中輕輕搖晃著。

郁真背靠謝羽笙，坐在他身上，費力地尋找著能夠吞嚥下性器的角度。

在花房裡成番，是兩人不謀而合的決定。

郁真私心想在這個特殊的日子，把謝羽笙「鎖」進籠子裡。而謝羽笙顯然也抱著相同的想法。

只可惜懸掛在半空的籠型鞦韆空有寬敞的空間，卻搖搖晃晃的，讓人使不上勁。

要將腺體袒露在謝羽笙嘴邊，又要讓他進入到自己的身體，郁真只能採用後入式的姿勢。

這種在床上很容易達成的姿勢，一旦場地轉換成鞦韆，就變得無比困難。

郁真一手撐著籠子邊緣，一手扶著謝羽笙的性器，來回試了好幾次，但龜頭就是「調皮」地擦過後穴，怎麼也沒法進入到身體裡。

「唔……幫、幫幫我、小笙……難受……」郁真被情慾磨得快要哭出來，只能向全程躺在籠子裡，欣賞著他一舉一動的謝羽笙求助。

「要我怎麼幫你？」

「明知、故問。」郁真一邊說一邊握住他的一隻手，放到早就勃起的肉棒上。「你扶住。」

然後郁真雙手握住籠子的邊緣，小心翼翼地對謝羽笙撅起屁股。「放進來……」

藍眸微顫，縱然謝羽笙有再好的忍耐力，也無法繼續保持冷靜。將性器抵在郁真早就溼答答的後穴處，謝羽笙握住他的腰，用力向下一拽！

「啊！」

身體落入謝羽笙懷中的同時，粗硬的肉棒也順勢猛地釘入郁真的身體裡。

滿足感才剛湧入腦中，郁真還來不及長舒口氣，鞦韆就跟隨謝羽笙的頂動姿勢搖擺起來。「啊、啊啊、唔、啊……」

不同於過去那般進出猛烈地操弄，籠型鞦韆的搖擺幅度很小，它總讓謝羽笙的性器才剛抽離一點，就又隨著盪回來的幅度頂入深處，反覆磨在郁真敏感的生殖腔口，令他搔癢難耐。

「進、唔、進來……」

「我不是已經進去了嗎？」

「到、到更……唔、更裡面來……」貼到謝羽笙懷中，郁真低下頭，露出戴著束縛器的後頸。「打開……打開它。你帶、鑰匙了嗎？」

「它不用鑰匙。」謝羽笙搖頭。「它要用指紋打開。」

「……又是指紋……」郁真小聲嘟噥，蒙著淚花的眼睛看向謝羽笙的手。

他還戴著手套。

注意到郁真的視線，謝羽笙把手伸到他的面前。

真絲質地的黑手套早就在扶著肉棒進入郁真後穴時被濡溼了，布料表面帶著斑駁的深色水漬，散發出讓郁真口乾舌燥的費洛蒙香味。

光是看著，身體就比大腦就先一步動了起來——他張開嘴，一口咬住了謝羽笙的手指。

舌尖輕舔過手套上散發出麝香百合香的液體，憑藉著這些天親吻練出的舌技，郁真隔著布料輕輕吮吸了一下謝羽笙的手指，似是安撫也似取悅。

「唔……」灑落在郁真後頸上的呼吸變得更加灼熱、溼黏。感受到隨喘息灑落到肌膚上的費洛蒙，被束縛器遮蔽住的腺體突突地瘦脹起來。

想要從折磨人的搔癢中擺脫，想要獲得更刺激的快感，想要徹底被謝羽笙占有……

無數想法湧上被費洛蒙熏得混沌的腦內，郁真一點點地用舌捲住指尖的布料，將它與手指分離後，他叼住手套，仰頭向後一拉。

手套順勢抽離，郁真隨即看到了謝羽笙布滿傷痕，蒼白但也修長的手。

不給對方任何收手的機會，郁真握住這隻手，挪到頸部。「快點打開……」

「你真的做好準備，要做我的 Ω 了嗎？」

郁真瞇眼看向兩人相交在一起的下身。「難道、你還沒做好、要做我 α 的、唔、準備嗎？」

「從認識你的那天起，我就作著要成為你的 α 的美夢。」幽幽地說著，謝羽笙撥開郁真後頸的碎髮，露出只有他能看到的鎖口。「現在我是醒了，對嗎？」

無論回答是或不是，郁真都覺得不合適，所以他改口說：「你咬一口、唔、就知道了。」

「呵呵……你說得對。」

滴。

手指落在鎖口，束縛器應聲解鎖，斷成兩截落入身下鬆軟的靠墊裡。

後頸暴露在空氣中的剎那，紅酒味的費洛蒙就像決堤了一般擴散，直逼身後的謝羽笙。

下一瞬，更具壓迫感的費洛蒙湧現，危險感陡然升起！

在α強大的壓制力下，郁真發覺自己竟無法動彈了。

身體像被抽去了氣力的棉花般倒入謝羽笙懷中，被對方死死地扣住。身下，總是折磨人般蹭著生殖腔的性器突然用力向內頂去，與此同時，謝羽笙對著橫著一道術後疤痕的腺體張開嘴——

「唔！」

犬牙刺穿肌膚，扎入血肉，幾乎要觸碰到骨骼。龜頭撬開生殖腔，在狹窄脆弱的腔內成結，死死卡住。

郁真說不清是被咬穿腺體帶來的撕裂感更痛，還是生殖腔被闖入，腔內被硬生生地拉扯出誇張尺寸，帶來的填滿感更痛。

但無論答案是哪個，身上身下的痛感，都讓郁真徹底安心了下來，也讓慾望攀到了頂端。

後穴不自覺地收攏，卡住生殖腔的性器隨之噴射出比往日要更灼熱、更豐富的精液，一股股地填滿腔內的所有空間。

原來……這就是成番嗎？

郁真垂眸看向被射到逐漸隆起的腹部，圓鼓鼓的，彷彿懷孕了一般。曾經無法接受到想死的事，此刻真發生了，他心底裡卻只剩下了安心。

安心到郁真也忍不住跟著射了出來。

空氣中，總是互相糾纏、追逐的兩股費洛蒙，終於徹底交揉在了一起，成為了一體。

彷彿釀造多時的花酒開罈，散出醉人又沁人心脾的花香。

沐浴在花酒香中，郁真覺得自己的意識在搖盪中被逐步提出身軀，飄入白淨光潔的空中。

沒了負擔，他不自覺地念出了心中日夜所想的話：「我喜歡、哈……哈啊……喜歡你，小笙……喜歡……好喜歡……」

「我也……喜歡你。」鬆開被咬出血的後頸，謝羽笙舔舔牙尖，低頭吻住懷中的人。「一直都、只喜歡你。」

搖籃中的吻，溫柔得如同催眠曲。

沉溺在輕輕搖曳的吻中，郁真閉上被白光包圍的雙眼。

兩人在如牢籠一般的鞦韆上繼續互相索求著、交融著，直至郁真一點、一點、一點地，融化在再也不需要回憶撫慰的夢中。

尾聲 劇本

「少爺，您找我有什麼事嗎？」謝羽笙的房間裡有個用書架掩藏的裡室，每次徐衡走進這個裡室，都會被屋內的畫面震撼到。

不算寬敞的空間常年昏暗，唯有上百臺閉路電視占據四面牆，一邊二十四小時監控著小島的每個角落，一邊提供屋內光源。

其中，靠左側的牆面上，整整一面螢幕記錄的都是郁真房間內的情況。此時，謝羽笙正坐在沙發上，單手托著臉頰，似笑非笑地凝視著螢幕上沉睡著的郁真。

哪怕徐衡進入了房間，他也沒有移開視線。

徐衡自覺地閉上嘴，走到了沙發旁邊，安靜等待。

過了大約十來分鐘，謝羽笙才放下了手，轉眸看向徐衡。「我很滿意你這些天的表現，不愧是曾經的影帝。」

「承蒙少爺抬愛，我不過是班門弄斧罷了。」徐衡愣了一下，識趣地脫下了眼鏡。

沒有了鏡片的遮擋，徐衡整個人的氣質一下子就發生了改變。「那麼我們最初協議好的事……」

「拿去吧。」謝羽笙拿起矮桌上一份文件，隨手甩到徐衡懷裡。「你能演好『徐衡』，看來這部劇裡的醫生也難不倒你。」

徐衡欣喜若狂地翻了幾頁。這正是自己想要爭取的男主角劇本，也是他會來這裡的理由——他根本不是謝家的私人醫生，而是隸屬於謝家旗下娛樂產業的演員。

因為他在轉行去做演員前，學的恰好是醫，也因為他想爭取的機會恰好是謝家投資的專案，所以謝羽笙找到了他。

徐衡至今都記得第一次見到謝羽笙時，對方看自己的目光，就像是在審視一個玩偶，思考它是否能根據自己的心意擺出想要的姿勢。

而那時的謝羽笙也很簡單直白地說明白了意圖：「我可以給你想要的劇本，但我需要你試戲。向我證明，你可以在鏡頭裡扮演好一個私人醫生，哪怕與你搭戲的人不是演員。」

然後謝羽笙給了徐衡一份與電影無關的劇本，裡面有謝羽笙的體檢報告、腺體移植相關的醫療知識，和謝家私人醫生的基礎人設。

徐衡不知裡面有多少是真的，有哪些是杜撰的。

他只知道，拒絕眼前的這個男人，他將不會再有機會得到想要的劇本。這對一個上了年紀，徒有過氣榮光的中年演員來說，是致命的。

於是，他戴上了沒有度數的眼鏡，畫上掩蓋特徵的妝容，來到這座島嶼，成為了「在謝家工作了十幾年的私人醫生」。

這絕對是徐衡從業生涯的所有案子裡，最瘋狂的一次扮演。沒有詳細的臺詞，沒有重拍的容錯率，更沒有導演的指導。

但他居然得到了認可！

握緊手中的劇本，此刻湧上心頭的興奮情緒幾乎要將他淹沒。

「開機時間是半個月後，合約已經發給你的經紀人了。」

「謝謝少爺！」

「一會兒就會有船來接你離島。」

「……」就像是演在興頭上突然被人通知殺青，欣喜若狂的情緒在聽到「離島」二字後，急煞住車。

難以言喻的迷茫緊接而來。

徐衡嚥了口唾沫，小心謹慎，試探地道：「您的意思是……不需要我再扮演謝家醫生了嗎？」

「之後島上會有真正的醫生接替你的工作。」

「……郁真先生那裡，不要緊了嗎？」

「是的。小真已經不會再逃了。」幽幽的螢幕光落在謝羽笙的臉上，將他的面容映照得更加蒼白，唯有揚起的雙唇，如染血的花一般鮮紅。

看著漂亮得宛如鬼魅的謝羽笙，徐衡感到了一陣心驚。

直覺告訴他，他應該閉上嘴，感恩戴德地拿著劇本離開這個房間，離開這座島，把這些日子見到的、聽到的、做過的全部都忘得乾乾淨淨。

但是……想到這些天對自己信賴有加的男人，他的嘴比大腦先一步動了起來：「少爺……你不怕郁真先生以後看到我演的戲嗎？」

「他不會看到的。」謝羽笙毫不猶豫地回答：「島上不會存在你的電影。你只是有事回謝家老宅了。」

「如果……我是說如果，他離開了島呢？」

謝羽笙瞇起眼睛。「醫生，你似乎很關心小真？」

「呃！」危險感沿著背脊直衝頭頂，徐衡慌張地後退一步。「我只是出於演員的本能，好奇您給我的劇本。您算好了一切，但我身在局中，哪怕您通知我『殺青』了，我依然什麼都看不明白。」

「原來如此。」謝羽笙冷笑，不知是信了還是不信。

空氣彷彿凝固了一般，緊緊包裹住徐衡，令他窒息。

就在他思索是不是該裝傻充愣地結束這個危險的話題時，謝羽笙看著閉路電視，幽幽地開口了：「小真的行為邏輯，其實一直都很好猜。難過了就躲起來，害怕了就逃跑，他的心裡只有自己。但真到了無處可逃的時候，他連自己都可以放棄。」

徐衡想到了郁真自殺的那天。

那天他剛睡下沒多久，就被警報喊醒，命令他馬上跟隨早就整裝待發的真醫護人員前往海灘。

然後，他看到了拖著郁真回到岸邊，歇斯底里到快要發狂的謝羽笙。

徐衡一直以為那天是個意外，所以謝羽笙才會為郁真變得那麼慌亂，慌亂到注射過量的藥劑，加重病情。

但這一刻，聽到謝羽笙那麼說，他忽然……不確定了。

他張開嘴，斟酌了半晌，還是忍不住追問：「您是……故意誘導郁真先生自殺嗎？」

「你知道不破不立嗎？」謝羽笙不答反問。

「……」

「讓他把痛苦都發洩完了，他才有精力來心疼我，不是嗎？」

「所以您在睡前發訊息，叫我帶他來看您？」徐衡注意到放在桌上的灰色手機。

這是他來島上後，謝羽笙給他的，裡面只有謝羽笙的號碼，但沒有設置備註。

謝羽笙平時就通過它來額外提出一些要求，直到不久前，他聽從謝羽笙的命令，清空手機記憶體，把它轉交給了郁真。

沒有謝羽笙命令的時候，徐衡只能根據手裡的一份份檔案，觀測事情的發展情況，自行挑選話題內容。

起初，徐衡一直不知該如何運用「謝羽笙的體檢報告」。

在第一次見到郁真時，他曾想告訴對方，謝羽笙的身體很不好，以此換取郁真的同情，打破兩人僵硬的關係。

但是那天謝羽笙卻忽然出現，叫他慎言。

之後，他再想說這些，郁真也聽不進去了。他的精神狀態被謝羽笙給搞混亂了。

直到郁真尋死的那天晚上——謝羽笙體檢報告裡的內容，可謂是一針強心劑，直接將自暴自棄的郁真打醒了。

從那之後，郁真真的就像謝羽笙說的，不再沉浸在自我的情感裡，而是把注意力全部傾注到了謝羽笙身上。

……所以說，真的是謝羽笙拿捏好了每個時機嗎？

「從認識他的第一天起，我就知道，小真是個固執的人。只是他的執著始終都只放在自己身上，要得到他的心，就得成為他新的執著。」謝羽笙皮笑肉不笑地說：「多虧了你。我很滿意你那一晚的演技。」

額頭密密地冒出了冷汗。徐衡忽然想起了「徐衡」的劇本資料裡有無比詳細的腺體移植相關的知識。

要知道，這是完全沒有對外公開，才剛剛在黑市中流通的技術。

那時候，郁理還沒有出車禍，郁真更不可能被改造成Ω。

謝羽笙是怎麼未卜先知地拿到這手資料，並且找到他，讓他來別墅待機，等待「開機」？

……此外，安裝在兩層樓間的電梯，也只有後來被困在小島上的郁真用得到。

看似偶然的巧合變多了，有些事，就更像是必然的有意為之了。

難道……難道說郁理的死，真的和謝羽笙有關嗎？

彷彿讀到了徐衡的心思，謝羽笙又冷笑了一聲：「我真的什麼都沒有做，醫生。郁理的事是偶然。腺體移植技術也是偶然。不管你信不信。」

「我信！我當、當然信！我知道您什麼都沒有做！」

「但你看上去很害怕，像是……擔心我會覺得你知道的太多了，要殺人滅口。」

「怎麼、怎麼會呢！我只是太熱了……」徐衡慌亂地以手作扇，不停地搖動，企圖將溢出的冷汗蒙混過去。

他這一生最糟糕的演出或許就在這。他不敢抬頭去看謝羽笙的表情，只能反覆地念「這裡實在太熱了」。

「那真是太遺憾了，我本來還想和你多聊聊。」謝羽笙嘆息，配合著徐衡的話往下說：「但既然你不喜歡這裡，我也就不多留你了。正好，小真也快醒了。」

聞聲抬頭，徐衡的視線再次落在了閉路電視上。

藉著微弱的床頭燈光，他看到郁真不安穩地翻了個身，探出被子的手在身旁摸索什麼，眉宇跟著不安地皺起。

謝羽笙知道，郁真在找他。

哪怕他還沒清醒過來，但他已經離不開自己。

這個想法成功地取悅到了他，讓他不想再與身旁的人多周旋。「你只要能和小真一樣放下不該有的懷疑，我想，你接下來的生活也會順心如意。」

「少爺教誨的是！徐衡自當牢記於心，您請放心。」

見到謝羽笙對自己揮揮手，示意他可以離開，徐衡畢恭畢敬地留下承諾後，轉身就往外快走。

傭人裝扮的保鑣早就等在了門口。「徐衡先生，少爺吩咐我帶你離島。請跟我走。」

「好。」

一切的真相究竟是什麼？以後這裡還會發生什麼？

徐衡跟著保鑣疾步往前走著，將一切的困惑和回憶全部丟在腦後。

不會再想起。

也不能再想起。

反反覆覆地在心裡默念著，徐衡坐上小船，離開這猶如囚籠一般的小島，任由引擎的轟鳴聲將思緒帶往更遠的地方。

謝羽笙回到房間時，郁真還在睡。

不知是夢到了什麼，他的嘴角勾起了一絲很淡、卻很幸福的微笑。

一瞬間，歸來的好心情蕩然無存。

嫉妒的酸意帶著尖銳的、歇斯底里的尖嘯在腦內翻滾，謝羽笙冷著臉脫去身上的衣物，赤裸著爬上床，張開雙臂，將同樣赤裸的郁真重新攬入懷中。

他緊緊地收攏四肢，緊緊地絞緊郁真。

緊到郁真皺起了眉頭，緊到他整個人都縮進了謝羽笙的懷中，彷彿這是他唯一能夠逃入的安全港，緊到謝羽笙看到了他後頸處的咬痕……

滿足感才終於填滿千瘡百孔的靈魂。

別再睡了，小真。

快醒來吧。

睜開眼，看看我，親親我，擁抱我。讓我占有你的全部。

謝羽笙在心裡虔誠地祈禱著。

或許是感受到了謝羽笙的期盼，或許是被他擁抱得快要喘不過氣，再低下頭時，謝羽笙看到了一雙含著淚花、寫滿惺忪的眼睛。

「你醒得好早哦，小笙。」溫暖的手掌從被窩裡伸出來，落在謝羽笙的臉上。「是作惡夢了嗎？」

儘管沒有做任何的夢，儘管其實整晚都沒睡著，但謝羽笙還是斂下了眼內翻滾的瘋狂，故作乖巧地「嗯」了一聲。

來哄哄我吧，關心我吧，心疼我吧。

謝羽笙凝視郁真，繼續禱告著。

然後，他再次看到了郁真的笑容。

不同於睡夢時虛無飄渺的淺笑，謝羽笙在郁真的笑眼裡看到了自己。

「不要怕。夢裡都是假的。」

如此說著，郁真回抱住謝羽笙。

「只要醒過來，你就會看到我了，所以不要怕。」

「嗯。」

「以後我也會努力學習運用費洛蒙，治療你被抑制劑損傷了的神經。」

「嗯。」

「以後的每一天，我都會陪在你身邊的……」

「嗯。」

「我會讓你幸福的……」

「嗯。」

「我喜歡你……」

「嗯。」

看著懷中念念不絕的人，聽著他的話音越來越含糊，明顯是又要睡過去。

謝羽笙瞇起眼睛。

在是否要繼續收攏雙臂糾纏住郁真的事上，他遲疑了片刻，最後，他鬆開了手。

五指插入郁真的指縫，與他十指相扣，謝羽笙說：「我愛你，小真。」

「嗯……」

「就許你再睡一會兒吧。」

「嗯……」

「只能在我懷裡。」

如此說著，謝羽笙緊貼著郁真，感受著他平緩的呼吸和心跳，也閉上了眼睛。

THE END

後記

唷！初次見面，或是再次見面，請多多指教，這裡是翼！

第一次嘗試寫一個沒什麼三觀，可能還挺雷的故事，不知道你是否喜歡呢？

雖然很想說點什麼，但寫完這個故事，我感覺自己已經被榨乾了……啊！情感濃烈的偏執攻真的好難寫！自卑受的情感成長線也好難寫！明明登場角色不多，但似乎所有角色的三觀和腦迴路都好難寫……

感覺自己每天都在和腦內的「這劇情好難寫」鬥爭，連作夢都在糾結劇情……

幸好，謝天謝地終於順利寫完了！沒有半途而廢，沒有放棄，真的太好了！

（此時此刻，我的腦內只剩下了一群小人在敲鑼打鼓地歡呼「太好了」、「完稿了」）

最後，萬分感謝給予我無數幫助的編輯、朋友，以及看完這本書的各位！

希望我們能在下一本書再見！
以上。

翼・無三觀模式ＯＦＦ
二〇二二・一・十二

藍月小說系列

祕密囚籠

作　　者／吾名翼
封面繪圖／ツバサ
執 行 長／陳君平
榮譽發行人／黃鎮隆

出　　版／城邦文化事業股份有限公司 尖端出版
台北市中山區民生東路 2 段 141 號 10 樓
電話：(02) 2500-7600
傳真：(02) 2500-2683
E-mail：7novels@mail2.spp.com.tw
發　　行／英屬蓋曼群島商家庭傳媒股份有限公司城邦分公司　尖端出版
台北市中山區民生東路 2 段 141 號 10 樓
電話：(02) 2500-7600 （代表號）
傳真：(02) 2500-1979
中彰投以北經銷／楨彥有限公司（含宜花東）
電話：(02) 8919-3369　傳真：(02) 8914-5524
雲嘉以南／智豐圖書有限公司
（嘉義公司）電話：(05) 233-3852　傳真：(05) 233-3863
（高雄公司）電話：(07) 373-0079　傳真：(07) 373-0087
一代匯集／香港九龍旺角塘尾道 64 號龍駒企業大廈 10 樓 B&D 室
電話：(852) 2783-8102　傳真：(852) 2582-1529
E-mail：hkcite@biznetvigator.com
新馬經銷／城邦（馬新）出版集團 Cite (M) Sdn. Bhd.
E-mail：cite@cite.com.my
法律顧問／王子文律師　元禾法律事務所
台北市羅斯福路 3 段 317 號 15 樓

2022 年 5 月 1 版 1 刷

郵購注意事項：
1.填妥劃撥單資料：帳號：50003021戶名：英屬蓋曼群島商家庭傳媒(股)公司城邦分公司。2.通信欄內註明訂購書名與冊數。3.劃撥金額低於500元，請加附掛號郵資50元。如劃撥日起 10～14日，仍未收到書時，請洽劃撥組。劃撥專線TEL：(03)312-4212 ・ FAX：(03)322-4621。E-mail：marketing@spp.com.tw

國家圖書館出版品預行編目資料

祕密囚籠 / 吾名翼作 . -- 1 版 . -- 臺北市 : 城邦文化事業股份有限公司尖端出版 : 英屬蓋曼群島商家庭傳媒股份有限公司城邦分公司尖端出版發行 , 2022.05
面 ; 公分
ISBN 978-626-316-806-0 (平裝)

857.7 111003979